Hanif Kureishi
GABRIEL'S GIFT

加百列的礼物
[英] 哈尼夫·库雷西 著　管笑笑 译

上海文艺出版社
Shanghai Literature & Art Publishing House

目 录

第一章　1
第二章　34
第三章　62
第四章　77
第五章　89
第六章　102
第七章　111
第八章　123
第九章　139
第十章　156
第十一章　170
第十二章　179
第十三章　188
第十四章　205
第十五章　219
第十六章　233
第十七章　247

第一章

"今天书读得怎么样?"

"学习只会让我感到无知,"加百列说,"我爸今天打过电话吗?"

此时的加百列不知道父亲身在何处。而最近的天气也颇有些怪异,让人摸不着头脑。早上他和汉娜正要出门去学校时,忽然下起了春天的小暴雨,而这时已是秋天。

等他们走到学校大门前时,帽子上已经落了一层雪。但是,一到中午,太阳却突然像个超级大灯泡一样放射出滚滚光热,于是孩子们便只穿着衬衣在操场上玩耍。

傍晚时分,加百列和汉娜沿着公园外围走回家。这时加百列开始相信眼前的景象是真的:公园里满地的落叶会展翅飞回它们飘落而下的树枝上,再次呈现出绿意。

加百列眼角的余光又注意到一件更奇怪的事情。

一排黄水仙花抬起头来,之后又低下头去,有如表演结束时向观众鞠躬的芭蕾舞者。其中一朵花眨眼时,加百列左右张望了一下,不禁牢牢抓住汉娜毛茸茸的手。他一向不太情愿握汉娜的手,尤其担心握手的情景会被朋友看到。但是今天不同:这个世界有点不太对劲。

"他有消息吗?"

汉娜是加百列家里的外国保姆。

"谁?"她说。

"我父亲。"

"当然没有。他走了。走了。"

三个月前,加百列的爸爸在妈妈怨气冲天的挑衅之下,搬到外面去住了。奇怪的是,爸爸几天前打过电话以后,就再也没有音讯了。加百列至少已经两个星期没有见到他了。

加百列暗下决心,准备一到家就把眨眼睛的黄水仙画下来,好提醒自己告诉爸爸这件怪事。爸爸喜欢唱歌,喜欢背诵诗歌,"黄色的水仙花,我们流着泪看到/你匆匆消逝而去……"当父子俩散步时,爸爸就会唱歌。

对爸爸而言,商店、人行道、人群,就像大自然一样生动,而且和树木、水、天空一样不断变化,尽管这些东西隐藏着人类更多的欲望。

汉娜走路的样子与爸爸的闲适和好奇刚好相反。她直视前方,好像在一个壁橱里走路一样。她英语懂得不多,所以加百列和她说话时,她总是一脸苦相,皱眉蹙额,好像在吞咽一个烟灰缸。也许他们俩都为此感到惊讶:一个孩子的英语说得都比她这个大人还好。

虽然加百列已经15岁了,但是直到不久以前,他爸爸还经常去学校接他回家,为的是让他远离诱惑,避免误入歧途。不久前,爸爸还在附近的一个街区把他从险境中拯救出来。幸好,爸爸是一个音乐家,白天常有空闲。但在他的妈妈看来,爸爸太空闲了,空闲得让妈妈觉得老公雷克斯都有些多余。除去每天到酒馆报到之外,去学校接他回家便是爸爸唯一的"正经事"。在酒馆里,其他几个做父亲的男人也是透过啤酒瓶底,醉醺醺地打量这个世界的。

加百列和爸爸经常会在咖啡店和音像店驻足。有时他们会去取加百列最近拍摄的照片。照片是在爸爸一个朋友的暗室里冲洗的。这个人在六十年代和七十年代曾是成功的时尚摄影师。他总是喜欢说,是他把那些烫了头发的女孩和穿着军队夹克的男孩们的形象记录下来,使得这一切成为"不朽"的历史。但对加百列来说,这些男孩和女孩如同狄更斯笔下的小说人物一样遥远。显然,这个男人早已跟不上潮流,他现在甚至很少拍照片了。但是,他喜欢谈论摄影,他还借给加百列很多书和一些从报纸上撕下来的照片,向加百列解释摄影师试图拍出怎样的效果。

爸爸总是说,学校是任何想接受教育的人的最糟糕的选择。如果你放开眼界,校园之外,人人皆是我师。爸爸所能回忆起的校园生活的全部,只是篱笆墙和上面的涂鸦、早上九点钟结冰的游泳池和冰河行进的速度。但那速度,呃,他已经记不得了。

加百列和爸爸要花很长时间才能走到家。爸爸会叉开双腿站在人行道上,一边说话一边挥舞着手,做着补充说明。有时他还会向刚结识的陌生人提一些涉及个人隐私的问题,比如:你喝多少酒啊?你们还一起上床吗?你爱她吗?出乎加百列的意料,对于这些问题,那些被提问的人不仅回答了,而且还说得很细致,经常是无休止地说下去;加百列的爸爸则时不时地点点头,认真听着。在这之后,加百列和爸爸就会在剩下的回家路上谈论刚才听到的内容。

而眼下,爸爸却离开了这个家,住在别的地方。如果说这世界还没到天翻地覆的地步的话,那它至少也处在一个不寻常的、不稳定的危险角度。

自从爸爸离开之后,加百列的妈妈便坚持让汉娜接送加百列。她不愿意就此为加百列操更多的心。

今天,在加百列和汉娜赶着回家时,他们背后忽然响起一个声音:似乎是一位巨人在他们耳边不停地鼓掌,又或许是打雷的声音。他们继续往前走。这时一片云雾和冰雹降落下来,两个人再也看不清前方的路了。加百列绊倒在台阶上,幸好汉娜走在他前面,至少她确保了一个柔软的着陆。

前段时间加百列放学回家时,几乎可以听得到房子的回声。他那对聒噪而喜欢争吵的父母并没有到门口来迎接他。平常这个时候,一家人会泡一壶伯爵红茶,配上被黄油浸得潮软的松脆饼——"我喜欢在下午吃一点松脆饼。"爸爸总是这么说,而这句话只让他更快地离开了这个家——还有蛋糕,他们喜欢所有奶油和巧克力做的东西。

事情是这样的。

三个月前的一个晚上,加百列从起居室的窗户望出去,看到爸爸正在把他的衣服和吉他往一个朋友的货车后备厢里装。爸爸回到房间,吻了他,然后退到街上向他挥挥手。

加百列冲到门口:"你去哪里?"

"离开,"爸爸说,"一段时间。"

"旅行?"

"恐怕不是。"

"度假?"

"不,不……"

"那么是去哪里?"

"加百列……"

"是不是我——呃,表现得不好,所以才会这样?"

"可能是吧……噢,别傻了。"

爸爸急于离开,不愿多说话,便站在那里,一条胳膊夹着旧的吉他,另一只手拿着剃须包、公文包和喇叭。不知道为什么,他的脖子上还挂着照相机和一个袋子,袋子里的衬衣都快掉出来了。他的口袋里塞满了内裤和袜子,头上搭着几顶羊毛帽子。

"进去,"他说,"别冻着了。"

"你什么时候回来?"

"我以后再向你解释。"爸爸说。爸爸在决心不再说什么的时候通常会这么说。

"别走,"加百列拉住爸爸的手,"多待一会儿。以后,你说再多的话,我也不会插嘴的。"

他的父亲抽出手来。"我必须走了。这是你妈妈希望的。帮我捡一下这些袜子好吗?你知道我不能弯腰。"

加百列把掉在地上的袜子塞进爸爸衬衣最上面的一个口袋里。爸爸钻进了货车。

车子开始发动时,妈妈突然从房子里跑出来,歇斯底里地把爸爸遗落的一只靴子狠狠向车子掷去。后面的车从靴子上碾过去。货车停了下来,爸爸下车捡起那只报废了的瘪靴子。加百列想,爸爸大概不会再回来了。

"那个男人最让我喜欢的部位是他的背,"妈妈一边说着一边用力甩上门,"未来会发生什么,我不知道。你,你总是吃个不停,要个不停!"

"我?"加百列有些惊讶。平常,妈妈总是这样抱怨爸爸。

"我们没钱!"她说。

"我们得赚点钱。"加百列说。

"多好的主意啊。那么你什么时候才能开始工作呢?"她盯着他瞧,"从许多方面来说,你还是个孩子,但实际上你已经不小了。不过我不希望你遭受我曾经吃过的苦。"

妈妈的缝纫机发出的轰隆隆的声音曾经是加百列儿时的配乐。在以前比较风光的日子里,妈妈替音乐界的一些年轻朋友做派对服装,接着又替乐队以及他们的经理人和歌迷们做衣服。妈妈这么做算是帮他们的忙,因为她也喜欢让别人开心。如果妈妈能成为她的偶像薇薇安·韦斯特伍德①那样的设计师的话,她很可能前途无量。

---

① Vivienne Westwood,英国女设计师,有"朋克教母"之称。风格前卫,代表着七十年代摇滚朋克与八十年代新浪漫主义的时尚潮流。——译注

就这样,在过去几年里,妈妈硬是靠窝在小房间里替流行乐团、乐团道具管理员以及他们的助手做衣服,养活了自己、加百列以及丈夫雷克斯。有时她必须一连好几个礼拜连夜赶工,所有的事情都是她一个人来做,陪伴她的只有电台的歌剧节目。

几年前,英国开始流行自主创业。人们像刚从漫长的睡眠中醒来一样,迷乱盲目,纷纷投身商界。那时候妈妈也尝试着拓展生意。她租了一间小仓库,雇用了一些失业的人,准备大干一场。但是订单并不稳定,撑到最后反而欠了债。现在,她又开始一个人工作,孤独地工作。她似乎在寻找什么。从某种意义上说,她的整个生命一直处在"寻找"状态。

加百列想到了父母以前在晚餐后热衷于谈论的几个点子。其中一个是开一家只卖蓝色物品的商店,另一个主意是开一家卖睡衣的商店。

"难怪我们好几年都买不起一块新地毯。"妈妈说。

还有一个好主意是开一家占卜店,替上门的顾客解析梦境,预测未来。妈妈曾经说过,这个想法还是有点意思的。如果你在梦中看见现在或是过去,那么就能预测未来。因为对大多数人来说,现在只不过是晚些时候的过去。不过,就算梦像睡衣一样也是每个人必不可少的,加百列仍然不能确定这种店是否有赚头。

"到了晚上,哪怕最保守的人都会变成前卫分子。"妈妈说道。

加百列觉得妈妈的话很有意思。"我希望自己任何时候都是前卫分子。"他说。

"这就是学校存在的原因,"他的爸爸说,"为的就是压制这种想法。"

他的父母时常争论不休,唠叨不休,嗓门一次比一次大。他记得爸爸曾经故意把东西乱扔在地板上,希望妈妈绊倒,摔断脖子。

从妈妈的角度来看,她显然希望雷克斯某一天会幡然醒悟,洗心革面,变得会赚钱,不介意打扫屋子,有时候还会亲亲她,让她快乐一点。这些要求显然太高了。

在加百列的印象中,他从没见过妈妈的情绪像爸爸离家那天那样激动。她冲进卧室,紧闭房门。加百列只能坐在房间外面,一边试着静下心来画画,一边等她出来。除此之外,他无计可施。这让他想起小时候站在窗边的椅子上,盼着妈妈从商店回家的情景。

"我走了之后你们就会知道,没了我,你们是不行的。"爸爸总是这么说。

"雷克斯,你走了之后,我们照样行。我们的灵魂会向上飞翔。伙计,你就像是我们热气球上的压舱沙袋。但无论怎样,我们都会过得更好的。"妈妈这样回答。

他们会吗?

他想他听到了妈妈打开窗户的声音。他听到了抽屉被拉开的声音,然后是衣柜的门乓乓作响,接着是长时间的静默。他想打电话找人,但是打给谁呢?打给警察?还是邻居?妈妈或许会在床上待上好几天,或者好几个星期。如果不和父亲吵架,她会做些什么呢?

他从一些朋友的父母身上注意到男人与女人、父亲与母亲的疯狂方式大不相同。女人会钻牛角尖,动不动精神紧张,充满恐惧,自我厌恶,由于内在的情绪失衡而不由自主地颤抖、眨眼。男人则用酒精麻醉自己,责怪别人,嘴里骂骂咧咧,接着进酒馆,然后进监狱。

说到折磨人,加百列的母亲在这方面很有艺术家的水准。她花样百出,而且技艺精湛。她会一下子陷入沉默,就像一头扎进一条让人窒息的隧道,直到雷克斯和加百列感觉自己像是枯萎的干树枝。有时她的言辞和噪音又像一场风暴,把雷克斯和加百列扔到墙上,让他们一连好几天都瑟瑟发抖。无论她采取哪种方式对付他们,总能让有婚姻之实而无婚姻之名的丈夫和儿子觉得,正是他们这两个罪大恶极的坏男人毁了她。

在等着妈妈开门的时候,加百列的脑子里突然冒出"破碎"和"家庭"之类的字眼。他想起一些人曾经用充满同情的语气说某个孩子"来自破碎的家庭"。他眼前仿佛浮现出一张被撕成两半的画,还有一个被斧头劈成两半的玩偶的家。他想象着思念家人的滋味以及家人再度归来时如释重负的感觉。不过这一次,他的父亲可能要永远从这个家里消失了。加百列从来不曾这样气愤过。他们甚至从来没有问过他的感受。但是,在小孩子看来,有哪个家庭算是民主的呢?

最后他抬起了头。很快他就会知道未来是怎样的了。

门已经开了。他的母亲穿了一件颜色最灰暗、最给人压抑感的衣服,脸上化了阴郁的妆,头发绑在了后面。

"去把外套拿来。"

"你要找新的男朋友吗?"

"我会先找份工作。我们该行动起来了,"他跑去拿外套的时候听见她说,"我觉得你倒是蛮喜欢今天的刺激场面呢。"

"你也一样。"他说。

"也许吧,"她说,"现在,向未来迈进!"

那天晚上和第二天早上,她和加百列跑了不少公司、商店和餐馆,软硬兼施地想得到一份工作。

"我不想见你,叫你们老板出来!"妈妈对着那个被上司派来打发她走的倒霉蛋说。

这招果然见效。

他的母亲在接下来的周一就开始工作了,在一家新开张的时髦酒吧当女招待。酒吧里摆满了灯饰和扶手椅,装着大窗户。年轻人可以在这里尽情做他们喜欢做的事:在不计其数的镜子里研究自己和其他人。像如今所有的酒吧一样,这家酒吧也笼罩在蓝色、红色或者粉红色的光线里。

"他们问我有没有做女招待的经验,"她告诉加百列,"他们竟然问我有没有经验!我是个母亲,是个妻子,我成天都在服侍那些不知感恩的讨厌鬼。"

他去过那家酒吧,但是他不喜欢那些年轻人对待妈妈的态度。他们穿着马球衫、风衣外套和皮裤,朝她打着响指喊"喂!"或是"服务生!",而这时她正端着一大沓盘子风风火火地经过,看上去像是捧着一张拉开的百叶窗帘。这会儿加百列正穿过马路,准备走进酒吧。妈妈在工作的时候,又恢复了加百列所熟悉的样子。

这家新酒吧象征着一种轻浮缥缈的希望,或者说是一种全新的方向。这个城市不再只是来自英国前殖民地的移民的家园,还增加了其他新成员:这里各个种族共存,他们彼此为邻,大多数时间里和平相处,不会互相残杀。这座全新的叫做伦敦的国际都市就是这样组合起来的,却没有就此产生毫无必要的无政府主义或是腐败。不过，这里的任何一家商店都会有难以沟通的情况。爸爸有一次说："上次我去理发店，出来的时候拿着一碗蒸粗麦粉，半克可卡因，还有一大堆别的东西。我只是打算刮个胡子！"

他们的社区也正在慢慢改变。就拿那天早晨来说吧：有个人脑袋上顶着一张发霉的床垫，很显然他回头会睡在这张垫子上；有些人推着超市的购物推车满大街走，想捡别人丢掉的东西去卖钱；还有一些人觉得，所谓的盛装打扮，无非就是刮刮胡子或者戴上假牙。

隔壁住的是面色苍白、整天对着电视机的邻居，他们家门前的台阶上永远站着个摇头叹息的施工人员。如果你一路上没被人捅一刀，那么一直走到大街拐角，你可以看见手艺高超的针灸师，或者租一部带字幕的电影。在新近开张的餐馆里，没有人能读得出菜单上的菜名；据说大家现在会带着字典去餐馆吃饭。在高级餐厅里，穿着围裙的同性恋服务生，为盛装晚宴提供着内容神秘的汤羹。而十年前，想在伦敦喝杯像样的咖啡都很困难。现在要是咖啡上的奶泡没打好，或是咖啡豆并非产自于顾客心仪的阿拉伯某地区，客人就会大光其火。

对于那些懂行的人来说，电影剧组一出现就意味着房价大涨。伦敦的人行道上几乎每天都有纠缠的电线，穿着大夹克、手拿带有纸夹的笔记板的摄制人员，还有许多卡车，大批影迷、小偷与满心羡慕的孩子们。虽然拍片现场进度缓慢，孩子们仍然兴致勃勃。加百列就是这些孩子当中的一员。对他而言，出现在蛊惑人心的"准备"之后的"开拍"一词，具有某种令人难以抗拒的魔力。他已经迫不及待地想当导演，喊出这些字眼了。

现在，加百列的母亲白天大部分时间都要工作，又通常在他上床睡觉之后才下班回来。她希望有个人来照顾加百列，并打理这个家。她对一个女性朋友说："让一个十几岁的男孩独自在家，不比让两岁婴儿独自在家让人省心。实际上，十几岁的男孩更麻烦！"

汉娜是个来自东欧国家的难民，她的职责就是时刻监视加百列的一举一动。晚上她就睡在客厅的日式床垫上。

"你为什么挑她呢？"汉娜第一天来家里的时候，加百列小声问母亲。

汉娜长得圆滚滚的，活像一个长着两条小腿的邮筒，而且总是一身寡妇黑。

"她不像你，她比你好养活多了。"这是加百列得到的回答，"你指望我请什么样的？"

"其实我以为你会请茱莉·安德鲁斯。① 汉娜太胖了。"

"我知道，"她笑了，"不过你还是要试着和她做朋友。如果你愿意去认识别人，可能就会喜欢上他们。"

"真的吗？"

"你试试吧，加百列，就算帮我一个忙。我从没经历过这样艰难的日子。我想让咱们重新过上好日子。"

他答应去试一试，不过他妈妈并不相信他。其实她完全可以相信他的，但是她似乎以惩罚他为乐，仿佛她想通过伤害身边所有人，来报复她所遭遇的不幸。

---

① Julie Andrews，英国女演员。在电影《音乐之声》中扮演家庭教师。——译注

据加百列所知,汉娜来自一个叫做"支气管炎"的小镇,那里有一条叫做"流行感冒"的河流,蜿蜒流过全镇。汉娜是一个朋友推荐给他们的,也可能这个朋友根本就是他们潜藏的敌人。不管真相如何,当汉娜穿着东欧的衣服,提着硬纸板做的行李箱来到他们家时,她已经无处可去了。

妈妈说得很实在:"汉娜,你得睡在客厅里;但是至少你有了住的地方,还有一点零用钱,而且想吃多少就吃多少。"

妈妈这句"想吃多少就吃多少",很快就被事实证明,很不明智。

汉娜能成为保姆的唯一条件,就是她自己很可能曾经也是个小孩,而且她至少知道如何吃。她晕头转向地坐了三天的长途巴士,啧啧赞赏着西欧的高速公路,终于到达了英国。刚开始,她走在被叫做"超市"的天堂里,身体由于渴望而扭动着,呼吸粗重,低声呻吟,好像她刚才推开的并不是乐购超市的大门,而是天堂之门。对她来说,别人随手丢弃的食物都是美味珍馐。

汉娜会为英国而吃;面前任何分量的食物在她看来都是挑战,是一座要被攀登、吞咽、一扫而空的食物高山。有一次加百列甚至看见她把一管番茄酱挤到嘴巴里。

有时候加百列会捉弄汉娜说:"如果你可以选择全世界的任何食物,你会选哪种呢?"

"冰激凌,"她操着古怪的口音回答,"呃……还有汉堡,猪脚,馅饼,炖兔肉,果酱。还有……还有……还有……"

她描述自己最爱的美食时,两眼放电,嘴唇湿润,胸脯不停起伏。加百列会把那些食物画下来。她会对着那些画放声大笑,假装要吃下那些纸。有一次他画了一幅画,着重突出了她层层叠叠的肥下巴,还在其中一层加上拉链,露出半根香肠,一头还有芥末和黏糊糊的蛋黄酱。这下子可算冒犯了她,她很不开心。

她真正喜欢的是加百列用相机照下她"在伦敦的样子"——用她自己的话说。最近加百列用便宜的一次性相机拍照,他把它当作记事本来用。他喜欢拍些奇奇怪怪的东西,比如街道拐角、人的背影、街灯柱,还有商铺橱窗。他用宝丽莱相机拍照,然后用笔在相片上画画。他不喜欢过度设计、太细致或过于人工雕饰的东西。有些照片被父亲的摄影师朋友扩洗放大,加百列就在上面作画。

加百列发现,每回他拿起相机,汉娜就会立刻变得很警惕,还会擦擦沾满食物碎屑的嘴,理理分岔的头发,然后整整衣领。她把加百列给她拍的照片寄回老家,之后她对加百列的态度就温和多了。

妈妈知道加百列与汉娜在一起会有点无聊。这是事实。刚开始,加百列拒绝与汉娜一起走回家。他已经不是需要有人陪伴才能回家的小孩了,更关键的是,他不希望别人知道他家里有保姆。加百列虽然不属于真正的中产阶级,不过也几乎算是了。在有些学校,中产阶级是遭人打压的弱势群体,任何不幸来自于这个群体的小孩会拼命掩饰自己的出身。这个阶层的小孩容易被别人厌恶,他们甚至有自己专属的学校。幸运的是,加百列的学校有好几个入口,他总能躲开汉娜,或是溜之大吉。但是他妈妈对此很不开心,所以他只得妥协,让汉娜在街口拐角接他,而不是站在学校门口。此外,她只能跟在他后面走。"我觉得那个女人好像在跟踪我们。"他的朋友们对加百列说。

"她是住在附近的疯女人,"加百列会这么回答,"别理她。"

不过,汉娜总会带薯片和饮料给加百列。他们快到家时,他的朋友们四处散去,他才会和汉娜走在一起。

为了补偿加百列,同时也为了炫耀她的收入,妈妈会带他去看她最喜欢的谁人乐队①在牧丛帝国的演出。妈妈有个老朋友和乐队有来往,所以他们可以坐上前排的好位置。他们走进场馆时,妈妈说:"我希望音乐大声点儿。"音乐确实很大声,他们听完演唱会到餐馆吃饭的时候,耳朵几乎聋了。那似乎是很久以前的事情了。

这会儿,加百列正坐在餐桌前喝茶。

"我会看着他的,"汉娜向妈妈承诺,"你别担心。我会像秃鹰一样监视这个坏小子的。"

她盯他盯得很紧。加百列观察过她监视他的样子。汉娜的表情会变得很古怪,因为她的两只眼睛不像正常人那样聚焦在同一点上,而是指向不同的方向。他真想知道她能不能同时对着两台电视看不同频道的节目。

不过,她倒是可以一边看电视,一边盯着他,一边把甜点塞进嘴巴里。她常常看澳大利亚的肥皂剧,她说这是为了"提高英语",所以她说的英语会带有布里斯班②口音。

就算加百列没干坏事,她的一只眼睛也会监视着他。他的母亲在对汉娜控诉加百列的劣行时,一定是扭曲了事实。但是对汉

---

① The Who,英国六十年代的一支摇滚乐队。——译注
② 布里斯班:澳大利亚城市。

娜而言,小孩子永远是犯错捣蛋的一方。孩子的错误必须由成年人来纠正。大人永远不会做错事,无论大人做什么事情,他们本身就是正确无比的法律。或许是她以前的经历让她这样认为的。但不管她是怎么得出这种结论的,她只希望加百列从今往后别再到处乱跑。她最希望他待在床上,最好是睡着了,而且别做梦。

她热爱食物,但她做出来的菜却好似脏抹布和脚趾甲,上面还浇着像血或者像尿一样的酱汁。加百列真想抄起盘子,摔到墙壁上去,至少意大利面会在黄色壁纸上留下一个漂亮的图案。

加百列打的主意是:只要对汉娜粗暴一点,就能赶她走,这样他的母亲就不得不亲自照顾他了。但是加百列的小阴谋落空了。如果他把东西弄得乱七八糟,汉娜会逼着他收拾干净;如果他发脾气,她就装作没看见;如果他嘀咕抱怨,她就把电视机的音量调大。

他推开盘子。今天加百列有了个好主意。

"嘿!"汉娜嚷道。

"我要去做法语作业了。*Vous compoendez*,你懂吗?要是爸爸打电话来,你要叫我,知道吗?"

"如果我有空的话。"

"有空?"他笑了,"你还有什么可忙的?"

"管好你自己吧,"她拍拍额头说,"他不会打电话来了。他不会回来了。"

"不,汉娜。你不认识他,根本没见过他。"

"看来我也没机会见他了。"

"我记住你的话了。他是滚石乐队的朋友。他还和莱斯特·琼斯同台演出过呢!真的!他的眼睛会变大,而且会浑身发抖。

他会回来的,咬你不愿意被人咬的地方。"

"呸!"

他拿起书包,从自己的房间里取了一些东西,走进母亲的卧室。

母亲对他的功课要求很严格,加百列对此感到厌烦。母亲不希望儿子成绩不好,因为她担心儿子会成为艺术家。她在音乐家、歌手、歌曲作者、服装设计师和唱片制作人中间混了一辈子;她太清楚了,这些人中间很少有人能拥有私家录音室和带鳟鱼池的乡间别墅。多数人靠失业救济金过活,在戒毒康复中心几进几出,一事无成,毫无希望。他们不仅仅缺乏才华——其中有些人简直是毫无天分可言——甚至还很愚蠢,自认为自己明星魅力十足。真正能对自己拥有的才能加以发挥和保持的人凤毛麟角。加百列的母亲心情好的时候,会幽默地说:她不仅仅想打击加百列的艺术热情,而且打算摧毁他所有的才华,好让他成为生意人,或是医生、律师,以便在她"年老时"能够养活她。

加百列在窗边站了好一会儿。他思量着他认识的某个人会不会突然从路上走过来。于是,他闭上双眼,希望再睁开眼睛时那个人就会出现。这时天色突变,云彩快速地飘过,仿佛有隐形的线在拽着它们;太阳与月亮并列在空中,散发出光芒,似乎各种气候即将同时出现。或许等这段奇怪的时间过去之后,就不再有气候的存在了,只剩下无穷无尽的空白。

他的思绪似乎进入了父亲以前爱放的一张迷幻唱片里。他闭上眼睛,把两条胳膊摆得像被催过眠的蛇。这是一场他无法终止的神秘之旅。

他拉上窗帘,爬到母亲的床上。为了充分利用挑高的空间,床下装了床腿,旁边有把小梯子可以爬上床,床下有一张桌子和一把椅子。床的底部有个用挂锁锁着的金属抽屉,装满了旧的化妆品。床边的一个架子上放了一堆他爱看的大大小小的美术书,那是他妈妈从前上美术学院时用过的书。这些书有股霉味,不过这气味很迷人。书里有一个大千世界,它们不像电影,不会移动,不过他尽可以让自己迷失在那些色彩和图案之中。

他很想知道与画里的人对话是什么样的情形。毫无疑问,梵高画笔下那个面容和善的邮差应该浑身散发着烟草的味道,而且他似乎是个喜欢给出长篇建议的人。德加画的芭蕾舞者站在华丽的练功房里,前面有个凶巴巴的老师挥动着木棍。那些女孩似乎是加百列可能会喜欢的类型。其中一个穿着粉红色舞衣的热情舞者似乎想伸出手来和他握一握。

加百列把素描簿和那个四个角都包了铁皮的旧铅笔盒也拿进了母亲的房间。铅笔盒是父亲离家之前送给他的,里面有好几层抽屉可以放钢笔,几个格子可以放橡皮和卷笔刀,还有一个隐秘的空间,现在还是空无一物。

前几天,他一直忙着把一部电影短片画在情节串联图本上。他和父亲过去常看卡罗尔·里德导的电影《孤雏泪》,那是加百列小时候最喜欢的电影之一。片子里的道奇是他崇拜的第一位朋克英雄。在学校一年一度的音乐会上,"加百列版"的《请你这么想》赢得了最多的瘾君子、恋童癖、失意者以及被称为"父母"的贪婪混蛋们的热烈掌声。他穿着破燕尾服,头戴大礼帽,脚踏沾满泥巴的靴子,外加一副橘色太阳眼镜,唱这首《孤雏泪》里的插曲。加百列觉得,如果把伦敦不为常人所知的面貌拍成电影,应该还是个不赖的计划。

他想拍一部名为"毒贩的一天"的电影,讲一个年轻毒贩被哥哥利用,运送毒品,最后被捕,被送到"安全"机构。

加百列正在存钱买一台十六厘米的摄影机,但是那需要一段时间。此外,他还必须备齐灯光设备,买电影胶卷。他可不想用廉价的录影带。他最好的朋友萨克是个天生的表演狂,常常把自己幻想成演员或者歌手,而且坚信自己一定会成功。他会来演男主角,住在附近的孩子们可以做临时演员,顺带着帮忙负责道具。加百列希望能够赶在萨克老得不能再演小孩之前正式开拍。

虽然加百列的脑海里已经浮现出整部电影,不过他还是担心自己会忘记某些细节。自从他开始酝酿这部电影以来,每天都有灵感闪现。这些奇思妙想通常在他上学的路上纷至沓来。然而,一到学校,它们就像突然暴露在光线下的隐藏壁画一样,渐渐消逝了——为此,父亲建议他把脑海里的画面画下来。他带他去买了情节串联图本;那些簿子里有一排一排的白格子,就像一格格的胶片,你可以把头脑里的场景画在上面。加百列还在画面下方整齐地写上对话,而且还说动了父亲为电影配乐。

最近,加百列毫无进展,这倒并不是因为爸爸离开之后加百列分心了——注意力本来就像世上一切事物一样来去不定——而是因为加百列的决心开始动摇了。以前父亲对这件事情的兴趣就像是一个小小的推进器。为什么人们会确信自己将有所成就呢?只因为有人愿意相信他们。

加百列的祖父,也就是爸爸的父亲,以前是个蔬菜商。他在郊区有家店。祖父一辈子为别人服务，而且总是对人家评价很高。他觉得走进店里的任何人都比他强。他是个沉默寡言的人。祖父那个年代的人觉得对孩子太客气就是"溺爱"他们，认为绝对不能夸奖孩子。他对此深信不疑，所以对儿子的无论哪个方面都不感兴趣。爸爸觉得正是这种"卑微感"阻碍了自己在人生道路上的前行，他不希望加百列像他一样。

加百列回想起父亲坐进货车时的情景，天晓得父亲会被车带到哪里。这个画面在他脑海里如同一支不愿逝去的歌曲，不断浮现。他记得母亲在这个房间——他父母的卧室——里放声大哭。而现在，父亲的吉他、塔布拉鼓①还有别的乐器都已经不见了。

加百列还想起几个月前，他开始在附近的公寓里鬼混，后来父亲来找他。

那时候他妈妈在家拼命干活，爸爸也终于找到一份工作，在挪威奥斯陆的一家酒吧里唱六十年代的歌曲。他坐在高脚凳上唱着："叛逆者，叛逆者，你是闪亮的星……"四周围着一群金发的北欧人。

放学之后，加百列会和一些比他大，也比他"前卫"的小青年来往。他们在附近一个街区接手了一间名为"鼓屋"的公寓。那个地方堆满了偷来的废旧杂物，诸如黑白电视机之类的东西，都是些当地的赃物贩子没法在附近酒吧脱手的东西。

这些孩子和一个绰号叫牛眼的人一起看卫星电视。牛眼是个得白化病的阿尔萨斯人。他们这群人整天偷偷摸摸忙碌着，希望

---

① 印度的一种手敲小鼓。——译注

可以不劳而获,点石成金。这其实并不难。许多十一二岁的小孩儿一放学就把汤米·席尔菲格①的外套套在校服外面,进来买大麻。由于需求量太大,那些年纪大一点的男孩就在厨房里摆起了柜台,取名为"糖果店"。就这样,一块块大麻,如同引人堕落的巧克力棒,从柜台后面递到买主手中。

有几个街上的乞丐也来过,有些是当地的小子,还有些是被人从北部赶下来的孩子,他们大部分时间都在儿童收容所或是青年旅社过夜。他们比加百列阅历丰富,而且曾经在严厉残酷的统治下生活过。这些缺少保护的孩子们有过可怕的经历,而且,加百列觉得,同样的事情将会永远发生下去。

尽管加百列长得很一般,也许正因为这样,他被他们派去,把一包包藏在内裤里或是鞋底的毒品送到各处的公寓、非法占据的空屋和街角。因为他是个"小不点",年纪小,又是白人,熟悉周边的近路和可供藏身的地方,所以不太可能被警察或者其他帮派的人拦下。有时候他会推着附近的女孩婴儿车去送货。后来他们告诉加百列,婴儿的尿布里塞满了一袋袋提劲的白粉。

加百列的同龄人都有固定的女友,但是他却从来没有过。不过"鼓屋"里有个交欢用的房间。两三个女生对他的处男身份很感兴趣,决定帮他一个忙。于是,她们把他推到一张脏兮兮的床垫上,偷走了他的童贞。这短暂而荒谬的仪式过程中,他们还得轮流抱着一个哭泣的婴儿。

"你不会忘记这件事的——小子。"其中一个女生说。

---

① Tommy Hilfiger,美国著名的休闲服装品牌。——译注

"我想是的。"他答道。

加百列的父亲从挪威回来之后找不到儿子,他去找了萨克,还有加百列的另外几个同学。没有人见过加百列。爸爸到处打听儿子的下落,甚至到地下酒吧问过。酒吧里放着六十年代的瑞格舞曲①,有人在打牌。桌上堆满了钱,空气里弥漫着一种可怕的不安。他去了社区活动中心,在那里听到了"情人摇滚乐"②。他还去过桌球室,那里聚集着一群穿金戴银的黑帮成员。

加百列还记得爸爸走进肮脏的"鼓屋"时的情形。爸爸径直把他从地上拎起来,想把他扛在肩膀上带走,仿佛他还是个小孩似的。

"我自己能走,"加百列说,"你又要弄伤你的背了。"

爸爸来的时候还拿着一把吉他。一个年纪稍大的男孩还以为他是在地铁里卖唱的街头艺人,跑到这里来找毒品或是找地方睡觉呢。爸爸要是知道别人把他当成那种人,一定会深受打击。加百列想到这里就忍不住窃笑。

爸爸一点也不发憷,加百列对此印象深刻。爸爸应该知道这些孩子们蔑视权威,而且随身带着刀子或者更厉害的家伙。可是爸爸和那些孩子们碰拳头,还坐下来和他们聊天,加百列明白爸爸并不相信这些孩子已经无药可救了。

把加百列带走之后,爸爸告诫他绝对不能再回那里。爸爸说加百列年纪太小,不适合待在那种被人遗弃的缺乏快乐的地方。

---

① 一种牙买加流行音乐。——译注
② 七十年代英国黑人创造的一种抒情摇滚音乐。——译注

但爸爸自己也对这样的禁令心存怀疑。他已经觉察到，加百列需要其他的世界，需要远离父母。爸爸说，加百列应该知道世上有这样的"鼓屋"，但是目前，加百列还做不到出淤泥而不染。有些人就此沉沦了进去，不能脱身，不得不过着自我毁灭的生活。这样堕落的生活会让人上瘾，而且难以逃离。

爸爸的拯救正是时候。此时住在"鼓屋"的那些孩子离铁窗生涯已经不远。一些年纪大些的真正的罪犯开始在"鼓屋"里藏身。几个星期之后，加百列在学校听说，警方突然冲击了"鼓屋"，命令每个人都躺在地上。有些孩子被警察拖出来痛打，然后带走。可以预见，这些男孩将来很可能成为罪犯。

经过这件事情之后，加百列大部分时间都待在家里，不再惹是生非。虽然偶尔冒出的坏念头相当骇人，但只是想象而已，幸运的是他的想象力很丰富。一次，妈妈在收拾完房间之后，意外地送给他一个很棒的礼物——她把一面镀金边的镜子靠在了他床尾的墙上。

在一个潮湿的天气里，放学后的加百列看着镜子，陷入了爱河。这将是绵延一生的狂喜啊！他终于明白为什么大人们会说悄悄话，也明白了那些藏在背后的事情。因为这里面有个秘密。这个世界只是表象。在表象之外、之后、之下——有座地下工厂制造着与怪异的生活互相交织的梦境和故事。

他忙活起来。

在玻璃筑起的世界里，加百列听着莱斯特·琼斯的音乐，欣赏着自己头戴怪里怪气的帽子、身穿异国情调的马甲、嘴上叼着烟卷的模样，仿佛化身为某个电影角色。每次在他调整镜子的角度之后,他就能立刻变成另一个人,任何他想成为的或是拥有的女人,特别是在他给脚趾甲涂上精致的色彩,戴上妈妈的戒指和项链,穿上她的鞋子之后。他喜欢有皮带和有跟的鞋子,或者是任何外形介于匕首与船舶之间的鞋子。他讨厌低跟凉鞋,或许那种鞋的妙处需要慢慢体会吧。令他懊恼的是,妈妈现在不再穿靴子了。

他沉浸在对鞋的迷恋之中,在镜子的视野里跳进跳出,扮演着众多不同的角色,创造出纷繁的景象。这样的消遣还是颇富创意的。虽然加百列和所有小孩一样叛逆反常,但他终究与众不同,他是电影导演与编剧。

不过,今天加百列没心情玩自导自演的游戏。先前他还将一张纸丢过镜子上方。他想画画。前几天晚上,他看电视时偶然生出一个想法,至今还停留在他脑海中。他记得这个想法是这样的:艺术是其他人离开房间之后,你自己在房间里做的事。

他独自待在母亲的房间,翻着那些美术书,直到有东西吸引住他的视线。

他面前是一幅画,画着一双靴子——粗糙破旧的工作靴。通常在他想画画的时候,他会先临摹点别的画来热热身。这会儿他决定用炭笔来作画。很快,一双靴子跃然纸上。线条流畅,如同他奔跑时的双腿一样自然,毫不做作。

几分钟之后,他闻到一股奇怪的味道。他走到门口看看汉娜是否站在外面,因为她身上总是怪味汇集,好像街角的流浪汉。他能听见她在楼下厨房走动。她可能正在染头发。她每两个星期就染一次头发。她会把塑料袋套在脑袋上,但是深色的染剂还是顺着脸颊淌下来,直到她看起来像个圣诞节布丁。

不，那不是她的气味。

他转过身，发现房间中央正是那双刚从书上临摹下来的靴子。

他绕着靴子转圈，然后慢慢靠近它，最后蹲了下来。靴子散发着粪肥、泥巴、青草混合而成的乡间气味。

他拿起靴子，触摸着它们，然后脱掉自己的鞋，套上靴子，拖拉着走了几步，最后倒在地上。他既惊讶，又困惑，忍不住哈哈大笑。笑够了之后，他又回到素描簿前。那一页的中央有一个靴子形状的洞。当他翻动那一页时，那双靴子瞬间被吸回到了素描簿里。一切又恢复了正常。

这是幻觉吗？

他惊恐地环顾四周。房间里弥漫着诡秘的恐惧，仿佛幽灵已经悄然到来。衣橱上的紫色圆把手看起来就像是汉娜的眼珠子。也许那只眼睛已经飞离了她的脸，跑到这里来监视着他。他想起夏加尔的一幅画，画的是一间谷仓式的屋子，屋顶上有颗巨大的可以看到一切的棕色眼珠子。加百列回瞪了一眼，那只眼睛又变回了单调粗糙的木头。

他对刚才发生的一切感到困惑而又兴奋。这种能力似乎并不危险，但是和魔法世界扯上关系总是不好的吧？他不知道。又有谁知道呢？父母和老师是被用来信任的，至少是被用来争论些什么的；可是如果他们不再拥有这些功能，或者像他爸爸一样令人质疑，那么还能去哪里寻找真理呢？谁知道会发生什么呢？

和平时一样，他去和双胞胎弟弟亚奇商量。亚奇真的是他的另一半。

如果命运之手没有摆布他们，今天会有两个长得一模一样的兄弟并肩坐在这个房间里——他们出生时,晚几秒出来的弟弟还抓着哥哥的脚后跟呢——这样加百列就能看着这个分明像他却又不是他的弟弟,和他面对面地说话。

而实际上,死去的弟弟正存在于活着的那个人的体内,并已经成长为一个神奇、智慧的少年——加百列的恶魔,或者说是他的个人灵魂。

加百列的父亲有时会提起,以前他曾是多么骄傲地推着坐在双座折叠式婴儿车里的双胞胎走上山坡,迎着风走向公园。无论他和双胞胎走到哪里,都会引来人们的围观和赞叹。"这可是好事成双啊,"他会一边这么说一边往后站,以便让其他人好好看看他的双胞胎儿子,和他们说说话或是挠他们痒痒。"双倍麻烦哪。"他还会慈爱地加上这么一句。

然而,在两个孩子两岁半的时候,其中一个死于脑膜炎。医生说,另一个孩子能存活下来,已经算是奇迹了。

加百列和父母如何能从这样的痛苦中恢复过来呢?接下来很长的一段日子里,爸爸就像是遭人囚禁的王子,和一个性情多变的女人生活在一起。她得到一个孩子,也失去一个孩子。她忽而冷若冰霜,忽而激情澎湃。爸爸一直学不会如何自由地转换这两种情绪,除了在他的想象之中。在他的想象世界里,他可以做任何事,唯独不会和别人相处。他想这就是最难的艺术了。

加百列4岁的时候几乎被海水淹死,当时爸爸拼着性命下水救了他。因为这件事,妈妈陷入深深的悲伤与恐惧之中。从那以后,她开始过度担心加百列,不让他像普通孩子一样正常生活,生怕他会死去。焦虑如同让人继续活下去的引擎。幸运的是,她的丈夫是个大大咧咧的人，这让一家人还不至于窒息。但是她已经陷入恐惧，难以摆脱了。从加百列很小的时候开始，一家人就很少出门。

加百列并不记得亚奇，只有那些挂在走廊墙上、摆在父母的卧室以及客厅里的双胞胎合影，提醒他亚奇确实存在过。一家人从来不去触摸、挪动或是评论那些裱了框的珍贵照片，但是这些照片让加百列感到不安。一个重要的原因是，父母分不清照片中谁是谁。母亲宣称，亚奇活着的时候，只有她和爸爸才分得清他们兄弟二人。可是父亲最近才承认，他曾经给同一个宝宝连续灌了两次药，有时候还会把他俩放错婴儿床，直到早上才发现不对。

加百列怀疑父母一直以来就把自己和亚奇搞混了。也许他才是亚奇，而加百列已经死了。他的确一直意识到弟弟的存在，而且每回看到别人家的双胞胎，他都想跑过去告诉他们或是他们的母亲：他也有双胞胎兄弟，只不过其中一个是影子罢了。

"亚奇会回来吗？"他从6岁起就喜欢问妈妈这个问题。他们刚去过亚奇的墓地，每到亚奇的忌日他们总会去。而加百列的生日——他们两个人的生日——气氛总是很悲伤。

"不，"她突然激动地说，"永远不会。永远不会。"

"他会听见我们谈论他吗？"

"不会。"

"他会想事情吗？"

"不会。"

"他看得见东西吗？"

"看不见。"

"连黑色也看不见?"

"看不见,他什么也看不见。永远都看不见。"

"他既在天堂,也在地下吗?"

"可能吧。加百列……"

"他和朋友们在一起吗?"

"加百列,不管我们走到哪里,他永远和我们在一起,他活在我们的心中。但他永远永远永远地死了。"

她不再说话,只是攥紧拳头,又松开,仿佛试图攥住手掌中的水滴。

如果亚奇活在加百列心中,那么他就会有个伴说话了。他们兄弟俩可以密谋对付爸妈。如果加百列凝神静气,用心聆听的话,就可以听见亚奇的声音,因为亚奇很关心加百列。亚奇很理智,总是知道该做什么。每当加百列觉得无聊的时候,就会唱披头士的《我们两个人》来呼唤亚奇。

此时,加百列安静下来,好听清楚弟弟在他身体里的低语。

亚奇告诉加百列不要害怕,加百列应该继续画画。如果笔下的物体变成实物,那并不是坏事,也不是巫术,而是一种不同寻常的可以利用的天赋。加百列有点迟疑。亚奇告诉他,也许事情会有变化,但是他应该继续画下去,看看究竟会发生什么。

不过此刻,加百列决心再确定一下这件怪事是否还会发生。

那本美术书的下一页画的是一张黄色的椅子。他一直不太愿意承认,自己其实喜欢这类适合放在明信片上的艺术作品。他希望自己能喜欢一些更强烈的东西,比如厕所,比如鲜血,还有被穿了洞的眼球,配上标题"裂缝之悸动"。那些过去曾经引起世人震惊的漂亮图画已经失去了打动人心的力量,但是眼前的这张画却让他很有感触。

就像亚奇所说的,这种能力很有用。太自负是没有意义的。他们那位只在音乐方面还剩下点品位的、好奇的父亲可能会喜欢这样的画。爸爸最后一次打电话来的时候,说他已经找到住处了。他在附近的一幢大房子里租到一个房间。

"房间里有点空,而且很冷,"他说,"但是有一张床,还有……"

"还有什么?"

"衣柜。"

爸爸需要一些色彩明亮的画来装饰房间。

"他说什么了?他说什么了?"加百列的妈妈问。她刚"意外地"偷听到他们的谈话。显然,她是俯身把耳朵贴在门上才听到的。

"爸爸找到住处了。"

"什么样的?"

"有点空,很冷。"

"噢,"妈妈咯咯地笑着说,"很冷吗?但是他最讨厌冷了。"

"他连坐的地方都没有。"

他想象着父亲站在地上读书,吃饭,看电视,或是偶尔倚着墙放松一下。

加百列开始临摹那张椅子,他觉得自己正在把它化为实体。他画得很快,就像唱一首歌:一旦开始唱了就不要想太多。他完成素描,上色,闭上眼睛,然后睁眼看去。

它就在那儿。

他触摸着椅子的靠背和转角。他想知道椅子会不会垮掉,于是便小心翼翼地坐了上去。那椅子很坚固,坐上去也很舒服。加百列站在椅子上,扭了几下。椅子可以承受他的重量。这是一把可以把屁股放上去,也可以在上面随意扭摆的椅子。

他又拿起素描簿,翻到有椅子图案的那一页时,真实的椅子消失了,但是他的临摹画还在。

他越琢磨,越觉得心神不宁。水仙花对他眨着眼睛,想和他交流交流。去世的弟弟在他脑海里和他说着话。地球想必已经渐渐倾斜,而且在地轴上颤抖吧。在地球倾斜坠入永恒之前,谁能使它回到原位呢?

为了确定一下其他事情是否还算正常,加百列下楼来到客厅。汉娜正在看电视,那对难以捉摸的眼珠子在黑暗中时隐时现。

"汉娜。"

她吃惊地看看四周。"泡!"

"什么?"他很高兴能听到另一个人的声音,几乎对此心怀感激。

"泡澡!"

"好的。"

她去帮他放洗澡水。

其实他可以自己动手,但是他喜欢让她觉得自己很有用处。实际上,这个女人纯粹是母亲为求心安才雇来的。有时候,他真想知道究竟是他想到汉娜的时候多,还是汉娜想到他的时候多。

她望着他。"那些衣服——拿给我。"

"你拿那些衣服做什么?"

"洗。"

"汉娜……"

"不,你妈妈说,三天不洗衣服已经太久了。你每天要换衣服——她关照过我。"

"你知道,衣服多穿几天才让我觉得舒服。一想到要换干净的衣服,我就烦透了。何况我现在又没有女朋友。"

"给!"

他换上浴袍,然后把衣服递给她。"还是我爸爸说的那句话,别穿任何硬邦邦的衣服。汉娜,我爸很幽默的。"

"是吗?"

"你真该听听他说话。以后你见到他,你就明白了。"

"你妈妈说,他是傻瓜。"

"什么?她才是傻瓜呢。"

汉娜脸色一沉,转身去给他拿干净的毛巾。

他锁上浴室门,迅速洗完澡,然后回到房里继续做"家庭作业"。汉娜来过一次,想看看他在忙些什么,然后又回去接着看电视了。汉娜离开之后,他悄悄溜进母亲的房里。他从地上捡起美术书,一边看一边想心事,生怕自己会哭出来。

他不知道母亲什么时候才会回家。他已经不再期待听见她衣服发出的窸窸窣窣的声音;不再期待闻到她身上的香水味,感觉到她发梢的摆动,垂下来挠他的痒;也不再期待她用双臂环绕着他,把他拉到胸口的时刻。他在学校里看过当地大学生演出塞缪尔·

贝克特①的戏。贝克特对"等待"理解深刻。贝克特说,"等待"既辛苦又磨人,很可能是世界上最残酷的折磨,会把人们变成思想上的受害者和凶手。

自从爸爸离去,妈妈找到新工作之后,她在某些方面就变了。首先,她买了一大堆新衣服。

她深更半夜进屋来亲他时,身上还会穿着一件大毛领的大衣,珠光宝气,脚踩高跟鞋。她浑身散发出一股混杂的新气味,那是伦敦某处夜里空气的味道。有时候他可以从她身上闻出伦敦东区的味道,须后水的味道,还有酒精和大麻的味道。

她甚至会在深更半夜带男人回家,都是些加百列以前从来没见过的男人。他们把音乐音量开得很大,拼命喝酒,狂舞一气。到了早上,她根本想不起来那个男人是谁,干脆就管他叫"蜜糖"。

此刻,他回到自己的卧室,躺在黑暗中。忽然他听见房门被缓慢地推开了。他害怕起来,这一天的怪事已经够多的了。

"加百列……"汉娜小声说,"你还在这个世界上吗?"

"现在还在。"

"告诉你一件事。"

"妈妈会晚点回来吗?"

"你爸刚刚来电话啦。"

"爸爸?真的是他?"

"对啊。"

"他不想和我说话吗?"

---

① Samuel Beckett,二十世纪荒诞派戏剧创始人。代表作品《等待戈多》。——译注

"他只留了话,说他明天要来接你。"

"他来这里吗?"

"他带你去他那儿。"

"到他那儿过夜?妈妈同意了吗?"

"是啊。"

"他有没有说他最近怎么样?他好不好?"

"没有。别再问我了。你收拾你的背心和内裤吧。"

这将是他第一次待在爸爸的住处。加百列一直盼着这一天呢。

"好好睡吧,"汉娜说,"我总算安稳了。明天见。"

"滚吧。"

"什么?"

"这是英国人的说法,愿你在美梦中打滚。"

"明白了。谢谢。你也滚吧,愿上帝保佑你整晚小脸红扑扑的。"

"汉娜,愿你也睡得红扑扑的。"

第二章

第二天放学后,加百列站在客厅的窗边等着爸爸来接他,汉娜站在他身后。他闭上眼睛,等再睁开眼睛的时候,父亲正站在门口。

"太棒了!"加百列大喊,"太好了!太好了!"他转身对汉娜说,"看吧,他真的来了。"

"别吵。"汉娜说。她警惕地看着父亲。

虽然爸爸知道妈妈此刻正在外面上班,他却没有进屋,只是站在台阶上,背靠着门,一只脚有节奏地拍着地面。加百列则手忙脚乱地把绘画工具和美术书塞到书包里。

爸爸没有刮胡子,戴着太阳眼镜,拉下羊毛帽子包住脑袋。加百列记起妈妈曾对爸爸说过:"小心点,别人会以为你是强盗。你的第一张唱片就是前科记录也说不定!"

"我一会儿就来偷你的屁股!"他一边回答,一边抓住她。

情绪好的时候,爸爸会满怀爱意地抚摸、亲吻、拥抱她。但是妈妈说,他笨手笨脚的,根本不知道该怎么抚摸。

爸爸帽子下的脑袋正在秃顶。他用路上捡来的橡皮筋绑住几绺头发,还剩下几缕散乱蜷曲着。他穿着剪破的牛仔裤,他说这样"通风"。脚上穿着橡胶底的帆布鞋,这让他看起来个子高了不少。爸爸觉得从地下室那些外表相差无几的鞋盒里拿出另一双鞋来穿,简直就是盛装打扮了。

"我们走吧。"爸爸催促着加百列赶紧出门。

汉娜站在窗边,嘴型说的是"滚吧!"

加百列说:"我都兴奋了一天了。现在我就像别的小孩一样,有两幢房子可以住了。"

加百列想到那些因为各种原因独自留守在家的孩子。那些父母出于内疚,很溺爱他们,不断地给他们买礼物的孩子。

"我住的地方只是公寓,不算大房子。"爸爸说。

出乎加百列意料的是,他们并没有直接到爸爸的住处,而是去了南肯辛顿的维多利亚及艾伯特博物馆。他们绕着那些古老的瓶瓶罐罐走,沉默不语。爸爸管那种沉默叫做"沉思"。

加百列已经习惯于爸爸带他去看那些在空屋、阁楼和废弃车库里创作的年轻艺术家的最新作品——那些最奇怪的玩意儿。加百列曾经见过用鲜血、头发和衰老的皮肤做成的脑袋。他还见过被解剖的动物,还有拍摄人体各个部位的奇异照片。他见过的唯一的布面作品就是特雷西·埃曼[①]的帐篷。加百列从中明白一个

[①] Tracy Emin,英国女艺术家。她最有名的作品《我从1963年至1995年里睡过的人》,是个绣上了和她有过性关系的人的名字的帐篷。——译注

道理：一切都可能是艺术。父亲可以毫不羞怯地登门拜访他崇拜的年轻艺术家，和他们"聊天"，因为他知道他们急切地想和别人谈论自己的作品。但是今天他没这份闲情逸致。

两年前加百列开始认真学习绘画。当时父亲近乎失业，绝大部分时间待在家里。这个家里没出过艺术家。不过，加百列对美术和拍电影产生兴趣，很可能是因为那是爸爸一直想做的事情。

爸爸和大部分乐手不同，他看得懂乐谱，还精通好几种乐器。家里摆满了吉他。爸爸以前还有一支萨克斯管、一架钢琴和一套鼓。有一次，爸爸还在附近的一个车库里给自己做了一架拨弦古钢琴。

爸爸从14岁起就在许多乐队里演奏。那些乐手有的留长发，有的是短发，现在则大部分是秃头。爸爸可以演奏任何风格的音乐，但却只唱一种风格的歌曲。加百列的母亲叫他"快要成名的强尼"。爸爸明白，人到了他这个年纪，或者已经功成名就，被律师、紧追不放的敌人和媒体整日追逐——他过去的几个朋友就是这样——或者只能干些别的。所谓"干些别的"就意味着承认失败，"干些别的"就是末路。

妈妈最不能忍受的是，爸爸每天去酒吧，一边和那些"穿着脏牛仔裤、留着长发的老废物们"打桌球，一边猛批最新的"烂音乐"和吉米或是艾立克的音乐根本没法比。加百列有一次挖苦过这群过气的音乐人，说他们连话都说不连贯，离开酒吧就到戒酒协会报到。虽然妈妈也曾经在摇滚圈里待过，可她现在不肯让这些游民到家里来。爸爸晚上只能到老朋友家里去喝喝酒，即兴弹两首曲子，抽两口大麻。

至少爸爸从未停止过对音乐的痴迷，只不过他没能通过音乐赚到钱。

爸爸如今仍然和这群朋友一起在酒吧、派对或是婚礼上演奏。但是婚礼上没人顾得上听，而那些中年人跳起舞来身子根本就不摆动。不久以前，一家酒店请他们在晚宴上演奏。那是个矫揉造作的地方，不过主办人却要求配上七十年代的音乐。那一回加百列还去帮他们架设乐器，因为当时大多数团员的身体状况很糟，连乐器都搬不动。

爸爸的乐队演奏了当年他在莱斯特·琼斯的乐队时广受欢迎的曲子，但是客人们却像避难一样地端着盘子撤离宴会厅，还有人边走边嚼着食物。最后只有一个红脸膛的老人留了下来，在乐队前面跳舞。他跳个没完，直到倒在一个住在酒店的医生的怀里。

有时候爸爸会很沮丧，或者因为嫉妒那些不比加百列年纪大多少的年轻明星而心烦意乱。这些明星在全国的各个电视台亮相，歌曲登上排行榜，接受《你好》①杂志的专访，不久之后就销声匿迹——如果他够幸运的话，会带走一大笔钱。

加百列很小的时候就开始演奏吉他和钢琴，后来还加入了学校乐队，演奏独立摇滚，持续了几个星期。他不会写歌，演奏技法也毫无进步。父亲脸上痛苦的神色——爸爸很厌恶加百列糟糕的演奏——让加百列觉得杀了自己都比学乐器好些。加百列觉得如果不用演奏，生活就轻松多了，反正爸爸也讨厌别人碰他的乐器。爸爸要是认真地看着加百列演奏，那只是因为他担心这小子会把

---

① *Hello!* 杂志，英国一份报道名人动向的著名杂志。——译注

他最好的吉他摔到地上。等加百列"退休"之后,父子俩都松了口气。那时加百列真的渴望能找到让他感兴趣的事情。

有一天母亲带他去大英博物馆看古今绘画展。事后,她为加百列买了素描铅笔和素描簿。和父亲一样,加百列不久以后也拥有了自己的"神圣之物"。它们都是从附近众多的二手商店里买来的,包括画刷、铅笔、录像带和旧的柯达相机。他无论去哪里都随身带着这些东西,把它们全塞进他的特别背包里。只要他把铅笔或是相机之类的东西摆在他与世界之间,那么这个距离,或者说这个空间,将会让他灵感泉涌。他和父亲并非竞争对手,而是各自玩着自己的艺术。

如果天气不错,爸爸又有兴致的话,他们俩会沿着河边骑自行车。爸爸拒绝离开伦敦。对他而言,英国的其他地方就是一片荒原,住在那儿的净是些红脖子的乡下人和傻瓜,这些人的生活肮脏而贫穷。幸运的是,拉船路的某些路段非常幽静,只是离开城市的喧闹几英里远,却已经如同置身乡间。

黄昏的时候,爸爸会赶在去酒吧之前练习他的乐器:低音吉他、木吉他、电吉他、曼陀林,甚至是那把破旧的班卓琴。他说他感觉它们充满责备地看着他,渴望被演奏。于是他只能奉献时间去演奏它们。

爸爸盘腿坐在地上弹着乐器,哼着歌,大口喝着啤酒,脏兮兮的手指夹着卷烟。他用右手手指上坚硬的肉垫拨弄琴弦,奏出音符,忘记了烦恼。这时候的加百列也没闲着。他在一边画下父亲的脸庞与双手;画下吉他,还有同学的面孔;他用蜡笔、钢笔、墨水与油彩,在绘画天地里做着各种各样的实验、冒险。父子俩各自沉醉在自己的世界里。

他们到达爸爸的新住处时，天已经黑了。加百列觉得父亲似乎想尽量晚一点回到这里。这座大房子像是快要塌了，里面被分隔成许多小房间。

"壮观的老式建筑，与众不同，"爸爸说，"它值好几百万英镑呢。我的房间在最上面，顶层高级公寓。"

加百列从背包里拿出相机。"你去站在那儿，爸爸，站在那根烂柱子边上。"

"等一会儿，把它收起来。"

"爸爸——"

"我说了，收起来。你可能会注意到……这里住着不少怪人。你和他们聊聊天就会学到很多东西。这里有点像六十年代。"

"酷啊。"

"没错。"

他父亲总是怀着崇敬的心情说起六十年代，就好像别人谈论起"战争"一样。那个年代有许多重大事件和许多无法重现的激动人心的时刻。各处的窗户不明所以地同时打开，在一个"全人类的共同时刻"，上帝最喜欢的专辑——披头士乐队的《佩珀中士》首度播放。① 爸爸经常用"六十年代的某一天……"来做开场白，比如："六十年代的某一天，我和基斯·理查兹②在一起玩拼字游戏——他是个很难缠的对手，喜欢拼"Risible"（可笑的）这个词。"

---

① 全名为 *Sgt. Pepper Lonely Hearts Club Band*，在英国发行日期为1962年6月1日，在排行榜上蝉联冠军22周。——译注

② Keith Richards，滚石乐队的著名吉他手。——译注

加百列想,也许有一天他会给父亲拍部电影,名字就叫做《六十年代的某一天》。但加百列也怀疑父亲是否有些夸夸其谈。父亲在"六十年代"时也许年龄还很小,并没有经历过太多的事情,只不过他乐于虚构罢了。但是父亲们都不喜欢被质疑;一旦谈到有关自己的事情,父亲们的幽默感就全没了。

走进门厅,爸爸说:"好了,现在深呼吸,低下头。这里没有电梯,这点让我很满意,可以让我们有机会多做点运动。"

加百列一直低着头,不过他还是免不了注意到,那些已经褪色的楼梯地毯又脏又破。他抬起头往上看,发现每层楼梯平台上都有厕所和渗水的淋浴房。在那些房间外面,那些留着胡子、穿着袍子、缠着头巾、头戴土耳其帽或塔布什帽的男人,似乎正在用一种尚未被发掘的语言,用颠倒的顺序说着话。

爸爸笨拙地跟在加百列身后,每到楼梯的拐角处就停下来歇口气。他的腿有点瘸,或者说是"战斗负伤"。他有时候会对陌生人说,他是在一场"为了让世界变得更美好、到处都有免费食物与大麻的革命"中受伤的。可事实上,他受伤的原因并不光彩,虽然从某种意义上说,这原因其实更有趣。

最后,他们总算爬上顶层。爸爸不得不停下来,靠在潮湿斑驳的墙上喘口气。墙壁在他的外套上留下一道白色的印记。加百列接过父亲的钥匙,将它插进锁孔。锁被卡住了,门却已经开了。加百列伸手打开头顶上方的灯。

"舒适的小地方,"爸爸气喘吁吁,"会搞得很漂亮的,是吧?你觉得怎么样?"

加百列四处看了看。

爸爸并不邋遢,但是他是那种七月份打扫了房间,到了十二月份却吃惊地发现房子又脏了的人。不过,这个房间再怎么打扫也干净不到哪里去。

外面的风打得窗户格格作响,好像有只猛兽想闯进来。角落的洗手池里散落着点点烟灰。屋里有张单人床,上面铺着羽绒被和毛毯。

加百列忍不住想,亚奇不知道会怎么看这里。

"与众不同。另一间房间里有点什么?"

"哪来的另一间房间?"父亲说,"英国人永远都在谈房子。房子的价格就是他们生命的价格。他们会拿灵魂去换一张沙发。你什么时候见过我贪图物质啦?我问你,加百列,一个人到底需要几个房间?"

"呃,一间起居室,还有一间是——"

"别跟我耍滑头,小子。这是我能找到的最好的屋子了……按我的经济状况来说。"

"你的朋友们来过这里吗?"

"没有。没人来过。我是绝对不可能在这里办晚宴的。我平时就在这里写写信,不过,我年轻的时候确实没想到自己会落到这步田地。不是因为我特别愚蠢。我甚至没办法向自己解释,事情为什么会变成这样。"

"没事的,爸爸。"

"真是让人心烦,有时候我突然觉得这辈子算是完了。那些美梦永远都不可能实现了,一切都太迟了。"

"爸爸,不是这么回事。"

"不。我一直试着把这次分居看作全新的开始,不过这个房间老是让我觉得,我以前曾经来过这里。"

"幻觉记忆?还是转世轮回?"加百列说,"你开始相信灵异了?"

"什么?不是,别说这个。我小的时候,每个地方看起来都像这样,在这个世界逐渐扭曲之前——"

"六十年代?"

"没错。"爸爸说。

"酷。"

他父亲的衣服想必都放在衣橱里。至于音乐呢,爸爸只带了几盘磁带和一把吉他,其他乐器都放在朋友那儿,因为他担心放在这里会被人偷走。

"你在这里都做些什么呢?"

"住在别处的人都做些什么呢?你知道的,如果我需要一首歌,我就唱首歌。现在呢,我必须喂饱你,要不然你妈妈会说我……坏透了。她让你来我这里,是不是很紧张?"

加百列不想告诉父亲妈妈前一晚说的话。她叫醒他,和他谈第二天的注意事项。妈妈说,爸爸没有"管教"好加百列。因为他的父亲是个坏榜样,所以加百列在学校里的功课很差。她把汉娜带到家里来,是为了协助她的"管教"进程。如果事情不尽如人意,那么就必须采取进一步的"措施"。还有,如果加百列去看爸爸的时候,爸爸开始喝酒,"你必须打电话给我,"妈妈说,"我会去把你接回来。如果他让你心情糟糕,或者那个地方太脏,你就打电话给我,我会马上赶过去。"

加百列说:"没有,爸爸。我想她现在想做点别的事情。"

"什么事情?"

"我不太清楚。总之就是些别的事情。"

"是啊,好吧,这也是我想做的。伙计,我们吃饭吧。"

在只有一个灶的煤气炉上,加百列看到一罐打开的意大利饺子罐头,罐底黑糊糊的,罐头里还插着一把勺子,或许还是热的。

"等一下。"加百列说。

他从背包里拿出几个图钉,把他画的那张黄椅子钉在父亲的床头。

他很遗憾那是另一张画的临摹。他真希望自己画的是原创的东西。总有一天他会画出自己原创的东西的。

在那之前,只能用这张黄椅子来凑合了。

这张画提醒了他,他一直想告诉爸爸前几次的"幻觉",还有在他的头脑剧场里上演的奇异景象和可怕的梦魇。但是他最终忍住没说,因为父亲的负担已经够重的了。

加百列把画钉好,这时他注意到父亲的眼睛湿润了,如同潮湿的墙壁。

"真神奇!"爸爸说,"再来这么几张画,我一定会乐坏了,再也不会想割喉自杀了。你对我真好,小天使。我希望,无论发生什么事情,我也可以对你这样好。我想我们应该去找家餐馆吃饭。"

"酷。"

"别再这么说话了!"

在比萨店里,爸爸什么都没吃,只喝了一杯啤酒。他看着加百列,问他学校里和他那些朋友的事情。加百列不知道父亲是不是没胃口。他后来才突然意识到,爸爸是吃不起。

他说:"爸爸,这些日子你上哪儿去了?"

"对不起,我忘了告诉你。我正试着让人生重新开始。"

"你为什么不给我们打电话?我还以为你已经变成同性恋了呢。"

"同性恋?"爸爸吃了一惊,然后大笑起来。"我记得你说起过,萨克的爸爸就是这样。有一天他一觉醒来,就决定要和男孩们在一起。这种事情怎么会发生在我身上呢?萨克的爸爸不是爱收集茶壶吗?你还说他不知道自己是同性恋!我几时喜欢过茶壶或者别的什么娘娘腔玩意儿了?"

加百列回想起萨克的父亲的样子,他把稀稀拉拉的头发染成金色,穿着白色紧身T恤,把一盒万宝路卷在袖子里。

萨克和加百列从开学第一天起就成了朋友。他们发现彼此不仅喜欢相同的电影和音乐,而且很可能拥有同样的敌人。

萨克的父母很有钱,他的父亲是电脑杂志出版商,母亲则是新闻记者。他们把萨克送到公立学校,而不是那些要付费的私立学校,是经过一番打算的。他们想,或许萨克在学校里学不到任何有用的知识,但至少他这辈子能有一次机会与普通人一起生活。这个机会才是真正值得他们付钱的东西。学校里还有一些孩子和萨克的情况差不多,父母是政客或者演员,要不就是经营着当地的艺术电影院,加百列与萨克也因此得以经常免费混进去。这些小孩被同学欺负,因为他们太"自命不凡",仿佛他们是出于猎奇才来到贫民窟,或是认为他们来这里上学是帮学校一个大忙。他们和父母还有其他名人的孩子在诺丁山的某个时髦咖啡馆里用完早餐,才匆匆出现在教室里。那种咖啡馆通常是时装模特儿、制片人和电影明星接一天里的第一通电话的地方。那些粗野孩子知道,没有哪个神经正常的父母真的愿意把孩子送进公立学校——除非他们真的是特权阶级,或是拥有匪夷所思的政治观点。

萨克从来没有穷过。他也不知道贫穷为何物。中产阶级的恐惧和其他阶级不一样。他们永远不会渴求金钱;他们也永远不会终身落魄。

有些时候加百列被别人看成萨克的同类。尽管加百列的父母根本没钱送他到别的学校,而且他的父亲从来不像其他父母那样开车到学校接他,而是骑着自行车来,在门口等他的时候手里还拿着卷烟,还有从垃圾桶里抽出来的报纸;可他爸爸还是被人视作"摇滚明星",因为他曾经和仍在走红的莱斯特·琼斯同台演出。正因为如此,加百列既遭人嘲弄,又受人崇拜。那些孩子会在操场上冲着加百列的后背唱莱斯特的歌。

此刻加百列对爸爸说:"你以前常戴那种闪闪发光的东西,还化妆呢。"

"当然啦!我以前是个流行乐手啊。英国的异性恋男人都喜欢打扮自己,那叫做童话剧。不过不管怎么说,我很羡慕萨克的父亲。"

"是吗?"

"他就这样改变了他的整个生活。他可是做了件大事。多有趣啊,现在大家似乎都过着波希米亚式的放荡生活,除了那些在政府部门工作的人,他们必须当圣人,还有我,"他郑重地说,"我之前找到一份工作。"

"工作?"加百列说。

"有什么好惊讶的!我曾经有一份薪水丰厚的工作——而且是在空气新鲜的室外进行的。"

"你为什么要干呢?"

"那只是我当时的一个幻想。加百列,我那时做的是苦力,是骑自行车送信的邮差。"

"后来呢?"

"那份工作太苦了,实在太苦了。我生了病。那工作让我体力透支。横穿整个伦敦的距离,对我来说太困难了。我原来根本不知道这个城市会这么……崎岖不平。"

"什么意思?"

"他妈的陡坡太多。我觉得我的胸膛都快炸了。"

"然后你就不干了?"

"我……算是垮掉了。我现在正在找一些脑力活。"

"比如呢?"

"别问那么多了。你那部电影怎么样了?"

"几乎可以开拍了,"加百列撒了个谎,"现在我只需要存钱买摄影机了。"

"我真希望可以帮帮你。我会上哪儿去给你弄部摄影机的,我保证。我们现在需要的就是运气——一个天大的运气。跟我说说家里还发生了什么。"

"我们请了个毛茸茸的家庭保姆汉娜。"

"我知道。我看见她在看我。她以前是做什么工作的?负责打开奥斯维辛集中营的毒气吗?"

"实际上,她是个移民。她迷失在一场噩梦中。她大多数时间不知道自己在哪里。"

"好吧,好吧,抱歉。这个女人就在我低价买来的皮椅上消磨时间吗?我希望她没有把椅子抓破。"

"一点也没有。妈妈已经把它换成了日式床垫。"

"她换掉了?你没有试着阻止她吗?"

"你也知道她打定主意之后的样子。反正皮椅就这么被赶出门去了!"爸爸扭过头,望向别处。加百列说:"她现在在上班,当女招待。这你也知道吧。"

"有人来过吗?"

"什么?"

"上家里来。"

"只有妈妈的一些朋友——诺玛,那个常说'亲我一下,笨蛋'的胖女人。还有别的女人——安琪还有别的什么人——都是些穿着大外套、丝巾围得重重叠叠的人。"

"有没有我不认识的人?陌生人?"

加百列摇摇头:"没有,没有陌生人。"

爸爸喝了口啤酒。"我担心没有我在她身边引导她,她会觉得日子过不下去。如果她打电话来要我提建议,我可能会拒绝她。你以后就会知道,女人自认为她们没有男人也活得下去。但是我们男人可以给她们——"

"什么?"

"嗯……稳定感。"

加百列把盘子推开。"不想吃了。"

爸爸把剩下的比萨吃完,用袖子擦擦嘴。

"你为什么这样看着我?"加百列说。

"除了头发之外,你长得和你妈妈真像。你说话声音也像她。"

"这我也没办法,爸爸。"

"不,不,没事,行啦。"

回到爸爸的房间之后,加百列坐在床边。他看着父亲的木吉他,想起爸爸已经有段时间没有碰它了。"爸爸,你想不想弹吉他?"

"不想。我想我们还是玩三连画圈打叉游戏吧,这能让我们高兴起来。你以前很喜欢玩的。"

加百列记得——好像就是在亚奇死后不久的几年里——他问过父亲"歌曲是用来做什么的?"

"用处太多了,其中一条就是,歌曲能让我们感觉好受些,"他的父亲回答说,"尤其在遇到困难的时候。"

这句话让加百列开始相信娱乐的力量。

他说:"我想画一个弹吉他的人。这里有一幅可以让我临摹。如果你在边上弹的话……可以让我更专心。"

"真的吗?"

"拜托。"

加百列想临摹的画是毕加索的《盲吉他手》,画中的蓝色身影四肢修长,憔悴消瘦,并没有在弹奏吉他,而是哀伤地靠在吉他上休息。

在加百列研究这幅画的时候,父亲伸手去拿啤酒罐和香烟,然后闭上眼睛,弹起一段蓝调音乐,甚至还弹了一会儿"瓶颈吉他"①。他用一种既亲切又不免有些自负的方式解释说,这首曲子是最早的现代音乐之一。

"当你演奏蓝调的时候,必须要潜入自己的心灵深处才行。"

"是的,我明白了。"

加百列打开素描簿,开始画画。有时他在临摹某样东西时,会对原作进行一点改动。这一回他让蓝色吉他手变得开心起来,他赋予了他视力,还有做事时的欢快劲头。

这时候隔壁有人用力地敲墙。

"别弹了!"一个人大声嚷道。

"那是谁啊?"加百列问。

"别弹了!"

"他们是些疯子,"爸爸说,"就在隔壁房间。一个古怪的地方,住了一群疯子。"

"我们正在祷告!"

加百列问:"从六十年代来的?"

"管他们从哪个年代,"他的父亲说,"反正他们活不到下个世纪了。"他大吼一声:"继续祷告吧,娘儿们!"

爸爸的脸开始扭曲了。墙壁又一次被人砸响的时候,加百列开始担心起来。爸爸在家里的时候,会把盘子、书和唱片扔得满天飞,虽然都是些不值钱的东西。他会一连几天生闷气,或是愤怒地

---

① bottle-neck guitar,一种吉他演奏技巧,使用金属片或管套等紧压弦线以取得级进滑音效果。——译注

在街上走上几个小时。他可以走出五步就找到人和他吵架。如果他是女人的话，他可能被说成"歇斯底里"。但他是男人，所以会被认为"很情绪化"。不幸的是，这个有着"艺术气息"的词刚好适合他。别人一提到这个词，他就竖起领子，开始四处找镜子。加百列很喜欢模仿父亲的这个动作，一边说着"汉默史密斯的詹姆斯·迪恩①"来逗妈妈开心。妈妈总会被他逗乐。

然而父子俩在一起时，爸爸总会尽力展示自己最好的一面。加百列是他一直引以为傲的一样东西。

爸爸扔下吉他，脱下鞋，用它猛拍墙壁。

"别来烦我们！"他大吼着，气得上蹿下跳，"你要是想理论理论，到走廊上等着我，操你妈的混蛋！"

"你去死吧！"那个邻居大喊。

"你去死！你去死！你给我出来！"

加百列试图转移一下父亲的注意力。

"看看我画的！"

他把素描簿高高举起。

他的父亲双手抱头坐了下来。最后他仔细看着那张画，露出了微笑。

"真漂亮。你画得越来越好了。我们出去吧，离开这个垃圾地方。"

"去哪儿？"

"也许我们应该看会儿电视，嗯？两三个小时的傻节目可能会

---

① James Dean，被视为美国五十年代最伟大的男演员。

让我们冷静下来。我的神经绷得就像钢琴的弦。"

"真希望我带了录像带来。"

好多年来,他们一直在一起看电影。《毕业生》是他们最喜欢的片子之一,他们也很喜欢那里面的配乐。还有《表演》——放在空白的封套里——妈妈不在的时候,爸爸就允许他看那部片子。他们看了好几遍《教父》,还有伍迪·艾伦的大部分电影,尤其是《呆头鹅》。至于《不良少女莫妮卡》,《狗脸的岁月》,还有"劳莱与哈代"的所有片子,塔尔科夫斯基的所有电影,他们都能倒背如流。放电影的时候,加百列可以重复里面的对话,他还习惯在做功课的时候,把音量调低,让电影继续放下去。如果电影的每个画面都讲述了一个故事,那他必须反复回放这些画面,直到他看明白了为止。然后他开始想象同样的画面换上他自己的演员,说着他写的对话。

加百列扫了一眼房间,不知道电视和录像机是不是藏在柜子里。

"电视机在哪里?"

"在楼下。这个房间里没有电视机,那是多余的东西。没有多余的东西了,再也没有多余的东西了。"

在底楼一间烟雾缭绕的屋子里,他们看着一档关于花园翻新的节目,身边有几个外国男人正全神贯注地盯着电视机。电视机被挂锁锁在从墙上伸出来的铁臂上。

加百列仰着头看电视,没多久脖子就开始疼起来。

"真无聊。"加百列正要抱怨,这时他发现父亲根本没在看电视屏幕,而是和周围的人一样,看上去像是和外部世界失去了联系。

一个身穿白色长袍,脚上拖着一双尾部蜷曲、状如问号的拖鞋的男人来到门口。

"电话。"

"爸爸。"加百列用胳膊肘推了推父亲。爸爸面无表情地看着那个肿眼泡的男人。

"电话。"那人重复了一遍。

"是谁啊?"爸爸转向加百列说,"这儿我谁都不认识!"

"有可能是妈妈。"加百列说。

"她想干什么?看看你好不好?你在这儿挺好的,不是吗?我不是一直在照顾你吗?"

"是的。"加百列说。

那个人说:"莱斯特。"

爸爸站了起来。"莱斯特?你刚刚是说莱斯特吗?"

"是的。我想我已经重复这个名字好几遍了。"

爸爸兴奋地抓住加百列的胳膊。

"加百列小子,是莱斯特——莱斯特·琼斯打电话来找我们——就这会儿!"

加百列跟着父亲走到门口,看着他在走廊上手舞足蹈。真够奇怪的,他和莱斯特在一起时获得的"战斗负伤",这会儿已经神奇地痊愈了。

父亲在电话这头神采飞扬地和莱斯特交谈着,加百列则站在门边仔细观察着他。他发现那个叫爸爸听电话的人并未走开,而是和加百列一样,在走廊的另一端看着父亲。

爸爸打完电话，放下听筒。

"加百列——"

那个穿着卷拖鞋的男人走到爸爸面前，抓住他的肩膀，把他推到墙上，对他摇着手指。爸爸奋力反抗着，不小心撞伤了耳朵。直到有人经过他们身边，那个男人才放开他。

他们在那儿站了好一会儿，彼此朝对方咆哮着。加百列准备用拳头和脚攻击那个人，爸爸却命令他站着别动。

"别跟妈妈提这件事，"爸爸脸色苍白，全身颤抖，将加百列推到一边，"说了只会让她担心。答应我好不好？"

"好吧。可是那个人到底要干什么？"

"别再想这事了！听着，我们走运啦。我知道我们一定会的。电话那头是莱斯特！莱斯特——是他在和我说话！"

爸爸心情愉快的时候，会提起二十五年多以前的那段时光。那时他在"皮猪乐队"给莱斯特·琼斯弹贝司，在世界各地巡回演出。

爸爸还会打开一个鞋盒，里面装满了从杂志和报纸上剪下来的照片和图片，全是他和莱斯特的合影。那时候莱斯特是全世界最红的流行巨星之一，受到各个国家的无数歌迷的崇拜和追随。他的歌曲和风格被许多别的乐队争相模仿。像大多数流行偶像一样，莱斯特具有温柔又狂野的明星特质。他兼有男性和女性的精神气质；喜欢不停转换风格，让自己迷失在各种乔装打扮之中。

加百列出生之前的那个世界，人们做事比现在来得离经叛道些。爸爸以吹嘘他们"在曼菲斯上床睡觉，一觉醒来已经到了旧金山"为乐。当时他穿一件前襟敞开的银色西装，露出毛茸茸的胸膛，胸前一个沉甸甸的圆形奖章跳跃不停。一头鬈发垂在衣服垫肩上——那鬈发显得太华丽了,加百列真想知道他是从哪儿弄到那顶假发的——还有深色眼影,只"大约"抹一点,还有祖母的耳环似的玩意儿。脚上则命中注定地蹬着那双导致他跛脚的厚底靴。

那时妈妈刚毕业不久,帮忙打理乐队的演出服装。她和爸爸是这么认识的:她跪在那儿替爸爸量大腿内侧的尺寸,要给他做一条红色缎子的长裤,虽然他原本只要求她做一件亮片背心。

就是那双厚底靴,那双有如埃菲尔铁塔一样高、鞋跟还闪闪发光的靴子埋下了祸根。当时莱斯特和皮猪乐队正在芬兰北部开演唱会。舞台上漆黑一片,而雷克斯看到观众里有个袒胸露乳的女人,一下子太过兴奋,就试着跳了几步拙劣的爵士舞。通常在舞台上表演的时候,他几乎没有什么动作。因为莱斯特一个人的舞台动作就足以抵过整个乐队了。

突然雷克斯扭到了脚踝。他挣扎着想保持平衡的时候,看见莱斯特正对着他微笑,以为他正在跳舞。雷克斯从厚底靴上倒了下来,趴在舞台上,就像一只匍匐在地上的受伤的昆虫。一群粗鲁的巡回乐队经理人立即跑了过来。他们并没有送他去医院,而是想办法让雷克斯站起来,好让他撑到演出结束。他就像一个被摔烂了的装饰品,撑在几个话筒之间。

后来人们发现雷克斯的腿和脚踝都断了。乐队经理提议,在接下来的巡回演出里,让雷克斯绑上带子,再把带子固定在天花板上,好像一个随意遭人摆布的牵线木偶。雷克斯拒绝这样的侮辱。当其他团员继续进行巡回演出时,他就只能打道回府了。

等到雷克斯康复,莱斯特也有了转变:他开始穿平跟鞋子,开始演唱"疯克"①风格更强烈的歌,头发的颜色也染得更深。当雷克斯乞求莱斯特让他重回乐队时,莱斯特坚持表示,他需要的是不同的声音和毛发稀疏一点的乐手。虽然雷克斯主动剃去体毛,但还是被莱斯特拒之门外。

爸爸十几岁的时候就开始登台表演,不久之后就可以独自一人举行现场演奏。他喜欢登台那一瞬间的恐惧与期待,享受观众的喧闹与崇拜。他热衷于看到不同的城市和音乐厅。他开始理解演员对于登台表演的渴求。他也知道,他们每一晚的表演都有细微的差别。他相信观众会了解他演奏的音乐有所不同,时而有些难度,时而带点讽刺意味,时而只是出于当时情境所需。

在一场成功的演出之后,便是派对和后台的那些蠢事。爸爸说,每到那种时候,你就是你自己的迷药,这种自我陶醉会绵延几个小时,过不了多久又会再来一次。爸爸觉得这种"水手"式的生活方式会成为他的生命。这种生活方式将他和崎岖复杂的日常生活,诸如准备食物或是建立短暂的人际关系之类的琐事隔绝开来。

意外发生一年之后,他和查理英雄再度上路,开始巡回演出。查理是莱斯特·琼斯的拥护者,音乐风格也与琼斯极为类似。但是爸爸年纪大了;在他加入过的那些乐队里,虽然他往往是其中最有成就的一个,却常被安置在舞台的最边上,站在阴影里。所以他常常感冒,必须穿厚袜子。他因为外貌丑陋而被排斥在音乐录影带之外。直到最后,他被赶出了乐队。

在那次意外之前,爸爸被人叫做"特立独行的弗雷德"。和

---

① Funky,黑人爵士乐的一种。

别的乐手不一样,他很少喝酒或是使用兴奋剂。但是意外发生之后,别人都管他叫"不老实的雷克斯"。人们都说,他要是手里不拿着喝的,自己根本站不起来。

和莱斯特打完电话之后,爸爸买了点啤酒来庆祝。他们再次匆匆上楼,然后一起躺在单人床上。

"我喜欢硬床。"爸爸说。

"对我们的后背有好处。"

"没错。"

"爸爸,你的耳朵在流血,"加百列拿了一条湿毛巾,擦了擦爸爸的耳朵,"现在不要乱动。"

"那真的是莱斯特·琼斯啊。我一直和他保持联系。"

"你给他写信?"

"是啊,一直都写。我和他的经纪人曾经在监狱里一起待了一晚上。我让莱斯特知道现实的世界里正在发生些什么。"

"你怎么知道?"

"别这么没礼貌。"

"我不知道你一直写信给他。"

"你不知道的事情多着呢。我和其他上了年纪的人一起去咖啡馆,只是想随便写点什么。孩子只能看到父母生活的一小部分。"

"噢,"加百列说,"那我会不会被你吓到呢?我是不是该去看看心理医生?"

"小子,我可是亲眼见识过那场面。父母发疯的时候,会把小孩赶到沙发上。萨克不就遇到过这种事吗?"

"是啊,他爸爸承认自己是同性恋——就在星期天吃午饭的时候——之后,萨克被送去看心理医生。医生问他很下流的问题,还要他充分表达自己。"

"他表达了吗?"

"他表达得太多了,以至于他妈妈不让他去看心理医生了,还让那个心理医生去看心理医生。她原本以为看心理医生对萨克有好处,而不是让他变得更叛逆。"

爸爸被逗乐了。

"你很幸运,我们可负担不起那种怪玩意儿。天使,你是个完美的孩子,"他继续说,"有人出钱让莱斯特写自传。问题在于,他的脑袋里都是些窟窿。而我唯一失去的只有我的头发。我必须提醒一下莱斯特,我们曾经是多么亲近的朋友,我又是怎样帮他制作了那些唱片。有几张里面还有我的吉他伴奏。是我告诉他要大胆做事。'继续前进',我总是这样对他讲,'尽量疯狂'。而他总是让我想起奥逊·威尔斯①。"

"什么?你指的是年轻的还是年老的威尔斯?你什么时候去见他?"

"你是说,我们,什么时候去?"

"你会带我一起去?"

"明天早上。"

"我要上学。"

爸爸犹豫了。"你已经接受太多教育了。莱斯特比代数更重

---

① Orson Welles,美国著名导演、演员、制片人,《公民凯恩》是其代表作。——译注

要。你得保证不告诉妈妈,"爸爸开始卷大麻烟,"别告诉她我的任何事情。除了告诉她,你老爸可能还能有点作为。"

两年前,他们三个去一个足球场看莱斯特的演出。三个人花了一天的时间翻箱倒柜,想打扮成莱斯特那样的风格。他们穿上七十年代的衣服,搭配亮闪闪的饰品,还让妈妈帮忙化了妆。结果,莱斯特却穿着黑西装走上台来,不过他的确穿了高跟鞋。加百列难过地看着父亲站在票贩子和推推搡搡的歇斯底里的人群中间,脚踝淹没在地上的垃圾里。加百列知道爸爸原本应该在台上摇摆,而不是混在穿着印有莱斯特头像的T恤的人群里。

"爸爸,你能不能告诉我,那个人是谁?"加百列说。

"哪个人?"

"那个把你按在墙上的人。他想要什么?"

"别问了。他想要……钱。几天前他好心借给我一点钱,就是我骑自行车送快递的时候。我以为我可以还给他的。"

"你会还吗?"

"我想我们的情况会好转的。"

"怎么好转呢?"

"莱斯特会照顾我们的,我敢肯定。再过几个星期,也许就过几天,我就可以离开这里了。我们马上要过高级的日子了!我想带你到纽约去待一阵。"

"纽约!"

"我们就快进入欢乐地带了!可现在,我们该上床睡觉了。"

加百列与父亲脱得只剩内衣,钻到床上。加百列小时候很喜欢挤在父母中间睡觉,他们只能一再地把他放回他自己冰冷的床上。可现在他却希望有张自己的床,因为爸爸一会儿打嗝,一会儿放屁,一会儿又把羽绒被整张拉到他那边去,完全没意识到加百列身上只剩下一条薄被单。

他的父亲变得非常兴奋,浮想联翩。他说,或许莱斯特会给他工作,让他加入正在巡回表演的新乐队;也或许他想听听爸爸最近的一首新歌,甚至邀请他一起写歌。每回抽完大麻烟,爸爸就开始做白日梦。

接着爸爸开始想象,用赚到的钱买一套豪华公寓。公寓在大厦里,还有门房。

"我的愿望是,有一天,"他的父亲说,"我们两个又可以住在一起。"

"你是说你想回家?"

"为什么这么说?是不是妈妈一直说要我回去?"

"这倒没有。"

"是啊。我要的是自己的一个窝。在某个地方演出完,然后往家赶,心里知道你在那儿。我都等不及想过那样的生活了。"

加百列想把父亲从白日梦里拽出来,于是把话题拉回到音乐上。

很快爸爸就开始了长篇"独白",大谈披头士,吉米·亨德里克斯[①]以及门乐队[②],接着谈到灵魂音乐,艾端莎·富兰克林[③],妮

[①] Jimi Hendrix,美国人摇滚音乐史上最伟大的电吉他手。——译注
[②] The Doors,一个以洛杉矶乐队风格为本的乐队,象征并超越了六十年代摇滚乐魅力以及它所创设的文化氛围。——译注
[③] Aretha Franklin,美国灵魂乐歌后。——译注

娜·西蒙①以及至上合唱团②。他还提到歌词与旋律该如何协调,以及音乐作品的文化与政治背景。

父亲终于渐渐睡去,嘴里还喃喃说着为什么某张唱片里的铜管乐比另一张里的来得出色,直到这个时候,加百列总算能休息一下了。他想着画画,想着德加,想着德加画笔下的那些姑娘。他忍不住冲动起来,开始自慰——小心翼翼,不敢吵醒父亲——然后溜下床。

他听见大楼深处传来甩门的声音,听见有人哈哈大笑了很久;他觉得他还听见一扇窗户破了,还有老鼠在护墙板后面磨爪子。他看见报纸底下露出皱巴巴的色情杂志的一角,上面写着"超级黄色"的字样。他想起两个失去妈妈的男孩儿——约翰·列侬和保罗·麦卡特尼③,整个下午待在保罗的客厅里写歌,把吉他搁在大腿上,一心想成为最棒的歌手。他悄悄地对亚奇说话,但是亚奇没有回答他。

所有的人都睡着了,所有的人都很安心。但是加百列睡不着,至少今天晚上睡不着,因为他心事重重。

他打开窗户,抽完爸爸的大麻烟,把烟蒂丢到楼下的马路上,他看着小小的火星散落,熄灭在黑暗中。

他坐在窗台上,朝外眺望伦敦西部,身边是爸爸的牛奶瓶和帆布运动鞋。然后他拿起素描簿和铅笔,画下张着嘴呼呼大睡的父亲。父亲轻声打着鼾,鼾声犹如一串串泡泡,从他的嘴巴里冒出

---

① Nina Simone,美国传奇爵士乐女歌手。——译注
② The Supremes,美国五十年代中期成立的一支女子乐队。——译注
③ 披头士乐队最著名的两个成员。

来,进入冰冷的房间。与此同时,在这个城市的不远处,莱斯特·琼斯活着,呼吸着,脑子里想着雷克斯。明天他就会见到他俩。

第三章

加百列独自醒来。他拉开肮脏的网状窗帘,然后在窗玻璃上擦出一块干净的地方。外面的天气明亮晴朗。

他猜想爸爸是趁着早上浴室人少,很早就起床去洗漱刮胡子了。门开了,爸爸拿着茶和冷吐司走进房间。加百列坐在床上迅速吃完早餐。

加百列几乎忘记了父亲以前会在一大早发出不计其数的抱怨,咳嗽,气急败坏地说话,还会嘟囔着数落自己。他收拾起书包。爸爸则在一面雾蒙蒙的镜子面前,拿着一把钝剪刀修剪着鬓角。加百列发现父亲的双手在颤抖。爸爸前一晚的陶醉已经被焦虑取代了——他不断拉着鼻子和耳朵,并且像只蜥蜴一样把舌头伸出来。

他凝视着镜子,突然说:"你看,我也长痘痘了。在这儿,就在鼻子下面,好大一颗。我都快到退休的年纪了,长的痘痘却比你还多。"

爸爸让加百列觉得紧张。"我们像是要去见国王或者王子。"他说。

"没错。不过莱斯特是靠自己的努力才取得现在的地位的,而不是靠别人。你想想,一个人能像他一样生活该多好啊。"

"你的意思是?"

"自由地生活。他可以在世界上任何一个城市买房子。他可以随时去欣赏冰河和沙漠。他可以想见什么人就见什么人。只要他开口,科学家、音乐家和心理医生都会围着他转。为什么会这样呢?"

"为什么呢?"

爸爸冗长地对加百列解释说,莱斯特拥有每个人都想拥有的一种东西。这种东西比红宝石还珍贵,比赚钱谋生的能力更稀有。这种力量处于世界中心,能使珍贵与重要的事情发生。这就是他的想象力或是天赋。没错,就是他的天赋。

即使到了现在也没有人知道,这种才能或者力量是怎么产生,又是如何运作的。如同爱情一样,它无法被强制、禁锢、转变或是分析。当然,任何懂得该如何培养继而增强这种力量的人,应该比历史上的其他人受到更多的奖赏。爸爸和加百列怎么能不感到惶恐呢?

"怎么了,爸爸?"

爸爸正盯着加百列,上下打量。

"把你的衬衫塞进去。你就不能穿好一点的衣服来吗?"

"我只是想来看看你啊。"

爸爸扯着加百列的头发。"你连头发都没梳吗?"

"我从来不碰头发,你知道的,我很迷信的!"

"梳!"爸爸说。加百列拿起爸爸的梳子,在纠缠成一团的金发上扯了几下,然后抬起头来。爸爸说:"和没梳一样!"

"把大麻放下,"加百列说,"妈妈要是知道了会怎么说?她总是警告我不能碰那种东西。"

"你说得对,"爸爸说着,把大麻烟藏到背后,"我想我们该走了。"

他们去取爸爸锁在附近栏杆上的自行车。加百列爬上自行车横杆,书包背在身后。他常常坐爸爸的自行车,或是骑着自己那辆跟在他后面。

"一路骑到天亮。"加百列说。他们两人一起出发时,他总喜欢这么说。

"准备好把你的小胡子吹掉吧!"爸爸回答。

加百列现在变沉了,爸爸必须站在踏板上、扬着脖子才能骑得动,那样子好像是在眺望远方。加百列想如果换他来骑车的话,速度可能会快一点。但是他不想在这时候打击爸爸的热情。

他们骑过起伏不平的路,来到镇上比较平坦的地段。这里大街上的汽车开得更快,建筑物更有线条美,人们穿着合身的衣服,有着时尚的发型,还有花大价钱打造出来的身材。

爸爸把自行车锁在街尾的电线杆上。他们开始走路,用爸爸的话说就是"腿过去"。爸爸不希望别人看见他骑车到莱斯特那儿,可是加百列很想知道爸爸到底觉得谁会看见他们。他并不认为莱斯特会站在酒店外面的街上等他们。

"就是这儿了,"爸爸忽然露出惊讶的表情,"看。就在那儿。我早说过了吧。"

加百列顺着爸爸的视线看过去。人行道上有一大群人,聚集在莱斯特下榻的酒店前。

"来,"他的父亲说,"我们走吧。"

他们渐渐走近时,加百列注意到人群中的男女老少都穿着二十多年前的莱斯特风格的衣服,仿佛是上帝这位卡通画家故意让莱斯特一辈子被滑稽的模仿者追随,以此来打压他的傲气。

酒店外面还聚集了二十多个摄影师,这并不奇怪。但他们看起来比那群乐迷更具威胁性。他们身上绑着器材,有几个站在箱子上,好看清楚前方貌似砖砌的墙面。

爸爸和加百列一样,对眼前的一切既感到惊讶,又觉得开心。

"小子,以前的场面就和现在差不多,"他们渐渐走近,"不管我们走到哪儿,人们都会对我们挥手尖叫,一心想碰碰我们。"

"连你也受过这种待遇?"

"当然啦,你这个白痴。我成功的时候太年轻了。我25岁的时候就拥有了一个小孩儿所能拥有的全部,还有许多别的小孩儿一辈子都享受不到的东西。"

走到人群边缘的时候,加百列和父亲变得有点犹豫。那些摄影师转过身来盯着加百列的父亲,举起尼康或者佳能的相机,镜头往前伸了出来。

"借过。"爸爸说。

没有人动一步。人们停止了喧闹,迷惑地看着父子二人。

"他是什么人物吗?"有个声音问道。

"他是吗？他是吗？"其他人说。

"不,他不是。"最后某个权威的声音回答。

"他不是。"有人随声附和。

失望的叹息声在人群里蔓延。

"我们就是大人物。"爸爸抓住加百列的胳膊。他对加百列耳语说:"如果有人问我们问题……就说'无可奉告',知道吗?"

"无可奉告。"加百列重复说。

"没错。还有,等我们真的看到他……莱斯特的时候——"

"怎么样?"

"别说太多话。"

"不要说话吗?"

"嗯,说一点就行了。"爸爸的皮肤开始像他房间里的潮湿墙壁一样冒出汗珠。"噢,老天,"他呻吟着,"这么多年了,这么多年了!"

"就是这家酒店吗?"

加百列只看见一面又长又暗的高墙,墙上嵌了一道绿色的门。铜门环做成猴头的形状。

"没错。"

他们从人群中穿过。加百列发现那些歌迷有着和莱斯特一样的面孔,只是稍稍重新塑造了一下,仿佛莱斯特把他以前的面孔遗赠给他们,不准备再用那些旧脸了。

"无可奉告。"爸爸抑扬顿挫地说。

"无可奉告。"加百列跟着嘀咕。

可是没人问他们问题。

门开了,有个穿灰衣服的男人替他们把住门。

"哈罗德·斯泰托在吗?"

"哈罗德正在等候两位呢。"那个人说。

爸爸向加百列低声说:"莱斯特在饭店总是用这个化名。"

他们被领着跨过门槛,门在他们身后关上了。

站在父亲身边的加百列发现自己正站在一个几乎空无一物的空间里。

酒店里一片深沉的寂静。这里的布局设计极有格调,精美简朴,却没有让人分心的摆设,只有一只白色花瓶放在隐形架子上,里面插着一枝白花。

在远处,几个穿着炭色宽衣裤、拖着拖鞋的小身影开始缓慢地伸直,就像中国清朝的官员从催眠状态中醒来一般。

其中一个是个年轻女孩。她朝他们走过来。

"莱斯特正在等候二位。"她说。她走到他们面前时脸色苍白,呼吸有些急促,而且看起来比她刚才在远处时显得衰老。"这边请。"

他们尾随着女孩。加百列感觉自己仿佛行走在一片虚无之中,瞬间便可以消失。后来他才发现,原来女孩正带领他们沿着地上一条由灰色小鹅卵石铺成的细线往前走。在他们快接近一面全白的墙壁时,她突然左转,穿过一道拱门,然后沿着一条走廊继续前进。他们偶尔会看见几个身穿黑衣的保镖出现在走廊上。他们负责保护莱斯特不受到那些希望他是上帝的疯子的骚扰。

那个女孩在一扇门上敲了几下,然后转身离开。

莱斯特穿着绿色丝质和服,亲自来开门。

他和雷克斯互相拥抱。

"你的脚踝怎么样了?"莱斯特把他们领进房间。他转身面向加百列。"雷克斯有没有告诉你这件事是怎么发生的?"

"说过好多次了。"

爸爸开始用一只脚蹦跶。"全好了!像长颈鹿一样强壮!你瞧!我已经准备好重新开始巡回演唱了!"

加百列握住爸爸的手,想让他冷静一点。

"很好,"莱斯特说,"我可不行!"

他的脸庞明亮锐利得如同刀片。一只眼睛是棕色的,另一只是蓝色,眼珠周围有黄色的光芒。

加百列看见另一个房间里有个光着腿的年轻女人坐在镜子前面。两个身穿橙色纱笼的男人抚摸着她的头发,嘴里叼着一把发夹。

莱斯特把爸爸带到角落里的一张桌子边上。

"音乐大师,让我借用一下你那长生不老的大脑吧,"他说,"我想写本回忆录之类的。我只能靠那些以前和我在一起的怪人帮我回想过去了!现在……"

他们详尽地聊着往事,莱斯特还做着笔记。加百列拿出素描簿,继续画他前晚开始画的父亲画像。

他时不时地观察着莱斯特,心中产生了一堆疑问。

他怎么能写出让全世界的人都记住的歌呢?为什么大家还在买他的唱片呢?他开演唱会的时候,为什么人们为了看到他情愿排一晚上的队呢?一个人是怎样得到这种力量的?难道这力量就来自于莱斯特那头红宝石色的华丽头发吗?还是说这魔力存在于他那修长白皙、指甲整齐干净的手指头里?

与此同时,莱斯特正听着爸爸回忆往事。起先他身体前倾,后来渐渐往后靠。爸爸开始说起某个晚上在北部一个小镇,有人在自己的手提箱上呕吐的事情。莱斯特看起来心潮澎湃的样子,正在试图寻找灵感。

"嘿!嘿!"他突然说,"听着,雷克斯。你知道,我刚录完一张新唱片。我想这是我近几年来最好的作品。"

"我对你所有的音乐都很熟悉。我等不及想听了。"爸爸说。

"你想不想现在就听?"

爸爸满脸困惑。"下次等你准备好了再听吧。"他继续开始述说往事:"我和布拉基、吉他手图恩刚在那家简易旅馆住下,一大盒超级棒的大麻也送到了——"

莱斯特打断了爸爸的回忆:"我早就准备好了。我录了磁带——就在这儿!"他把磁带放进桌上一台小机器里。"我没有歌曲目录,"他抓过一张纸,"我看这样吧,我把歌名写下来,你在歌名下面写点你的想法。"

"好主意。"

爸爸有点气恼,可他又能怎么样呢?

莱斯特把爸爸一个人留在录音机边上咬着铅笔头听音乐。莱斯特则绕过爸爸,绕开地板上的杂物走到加百列身边。地板上满是大大小小的纸,上面是些乱七八糟、五颜六色的文字、图画、涂鸦和诗句。

加百列记起以前父亲说过,莱斯特在成为明星之前曾经是个画家,成名之后仍然坚持画画,还举办过画展。

"桌子对我来说不够大,"莱斯特说,"我比较喜欢地板,想拿什么东西的话也很方便。"加百列觉得莱斯特那双颜色不一致的眼睛正看着他。"你想说什么?"

加百列脸红了。"我在想这里很像小孩儿的卧室。"

他以为这句话会得罪莱斯特。加百列看见坐在房间另一头的父亲因为尴尬和恐惧而扭曲的脸。

莱斯特笑了。"没错,我从小就被教育要做个干净整齐的小孩儿,可我总是能把自己弄得邋里邋遢,乱七八糟,吵吵闹闹。这可需要学习呢!乖孩子是不会有所成就的!这就是我的生存方式——把每张纸都涂满。你瞧,瞧!"莱斯特跪在地上,指着一张纸说,"我找到了这些新蜡笔。这就是我昨晚干的事。"

加百列说:"我也在干这事。"

"什么意思?"

加百列猛地站起来,拿起他刚刚放下的素描簿。"你看。"

莱斯特看着那张画。"你还画了些什么?"

加百列把素描簿递给他。莱斯特一页一页地仔细翻着。

加百列对他解释说:"和你一样,我会在画上写点东西。里面有几张是照片。"他翻到其中的一页给莱斯特看。"我给爸爸画了这些黄水仙,然后把画贴在照片边上。然后我在中间用不同颜色的笔写下关于水仙的诗,这样爸爸就能明白我的意思了。这些构思都在我的脑子里——"

"你能把所有想法都放进画里?"

"是的。"

莱斯特接着说:"我写歌,可我不知道自己是怎么写成的。当我碰到一些事情的时候,我就把它写下来,然后放到歌里。人的想象力不就是用来发现看不见的东西的吗?"

"我经常那样,"加百列说,"有时候我脑子里的想法太多了,我都快发疯了。"

"噢,每个人都是疯子。但是有些人可以利用他们的疯狂来做一些有意思的事情。"莱斯特看着加百列。"你很有天赋,"他告诉他,"我是说真的——现在你永远知道这一点了。你要记住我的话,以后走到哪里都别忘记这些话。"

"我也不知道。我只是每天坐下来动笔画画。"

"这就对了。天赋也许是上天给你的礼物,但是它仍然需要培养。想象力就像火焰或者火炉一样,必须不停地添加燃料,时时看护着它。它需要借助外力才能越烧越旺。坚持下去。"

"问题是,"加百列脸红了,"我只是一直在临摹别的画家的作品。我不知道为什么……我想,也许是这样可以启发我的灵感。这样是不是不对?"

"如何运用偷来的东西才是最重要的。如果你拿来别人的东西之后善加利用,那么这就是有价值的。如果你只是一味模仿,没有变化,那就毫无意义。"

加百列觉得很兴奋。"你怎么开始画的呢?"

"就像这样。"

莱斯特拿起一支蜡笔,在纸上画了一条线,然后又画了一条,写了一个字,接着又写下更多。

"你无法强制自己做梦,但是你至少可以爬上床,"他说,"一旦有什么疯狂的想法跑到我脑子里,我都会把它们写下来。野猪、牧羊神、吉他、脸庞……在梦境里,任何最疯狂的联系都会出现!如果我知道自己要去哪里,我怎么可能中途迷路呢?每次这样做的时候,我觉得自己消失了。我不存在了。我不知道我是谁。我画画、唱歌,为的是让自己迷失。如果我不迷失自己,我能做些什么事情呢?我就这样活了两次:既活在这个世界上,也活在回忆和想象之中。如果你听听最伟大的音乐,比如披头士的《草莓地》或者莫扎特的歌剧《女人心》,或者读读那些最伟大的书,比如《哈姆雷特》,你会发现它们是那么怪异,几乎有点超自然,如同梦境一般。"

莱斯特继续在纸上涂写、填色,画着素描,白皙的手消失在白色的纸面上。

"你画得真快。"

"最近我尽量画得很快,"莱斯特说,"好赶在无聊空虚的潮水吞没我之前画完。"

莱斯特把脸凑近加百列,开始谈起他年轻的时候,他出名或者成功以前的那段日子,还说到了在得到别人的认可之前,要保持自信有多困难。对任何艺术家而言,这都是最艰难的时期。

过了好一会儿,加百列才意识到父亲正从房间的那一头看着他们。加百列太专注了,完全没有意识到时间过去了多久。

爸爸站起身,似乎刚从一场梦中惊醒。

"雷克斯,你觉得怎么样?"莱斯特说。

"什么?"

"那些新歌怎么样?我花了很长时间写那些歌。我希望它们是真正的佳作。它们很前卫吧?和以前一样,但是又有区别,是不是? 我已经听够了别人说我如今的音乐赶不上我 25 岁的时候。告诉我你的看法。"

加百列很惊讶莱斯特会这么担心,就好像这是他的第一张唱片。

爸爸似乎在发抖。"和你以前的那些一样出色。如果不能说是更好的话,至少也是一样好。多好听的歌啊! 是的!"

"谢谢。"莱斯特拿回那张纸,看了看,又翻到背面。"你什么也没写。"

"没有。我觉得太震撼了。"

"哪首歌让你觉得特别震撼呢?"

"所有的……都让我觉得震撼。"

"第三首——就是那首加上小号,后来又有钢琴混音的歌——我最喜欢,"莱斯特说,"你呢?"

莱斯特看着雷克斯。

爸爸犹豫了一下。"我全都喜欢。第二首,第三首,特别是第四首。但是我觉得第五首最棒。我自己也还在写歌。你不想听听我的新歌吗?"

"如果我有足够的时间就好了。"

"是啊。反正我也没带着吉他。我回头给你把录音带寄到平时的那个地址,"他向莱斯特伸出手,"我们最好别再占用你更多的时间了。谢谢你招待我们。"

"别客气,我的朋友。我也很高兴。我想说的是——我要给你们一样东西。"

"真的吗?"爸爸咧着嘴笑,"不用这么客气。我知道一切都会好起来的。我自己正在酝酿一辆自行车——对不起,我是说一系列——的歌曲,主题是关于生命、死亡和重生的。这是一个 triptych①的作品,这字是这么念吗?不过我敢肯定,就算是像你这么成功的人,也一定记得人在低谷时的滋味……"

莱斯特打断了他的话:"是送给你儿子的。"

"送给这小子的?好,太好了。是什么东西?"

莱斯特从地板上捡起一大张纸。"就是这个。"

"噢。"

"我应该给它加个题目。加百列,你觉得呢?"

"我不确定。"

莱斯特在画上写下"怪天气"的标题,签上名字,写上题献,然后把画卷起来,用橡皮筋绑住,把它塞到加百列的胳膊下面。

"把它挂在墙上或是随便什么地方。也许你会偶尔看着它,想起这一天。我说过的一些话也许会对你有用。如果没有的话,那也没关系。"

加百列说:"我会记得你说过的话。"

莱斯特搭住爸爸的肩膀。"雷克斯,你的儿子很棒。你有没有常花时间陪他?"

"我已经失去一个儿子了,那是很久以前,我可不能再失去这一个了。所以我们经常在一起。我会教他政治学、天文学诸如此类的东西。他老是跟着我到处跑。"

"最近不是了。"加百列说。

---

① 指三件相连的艺术作品。

"你的意思是?"莱斯特问。

爸爸的眼神有些恍惚。"我必须搬出来……一阵子。"

"天哪,真遗憾。我还很清楚地记得克莉丝汀。是叫这个名字吗?我还亲过她一次呢。"

"是吗?"

"当然是你和她在一起之前。"

"哦。"

"你不会让你儿子失望的,是不是?"莱斯特说。当他看见爸爸脸上露出迷惑的神色时,补充说:"你瞧,我也有个女儿。我几乎没有见证她的成长。我出门在外的时间太多了,为了工作。"

"我可没机会那样。"爸爸说。

莱斯特似乎若有所思。"有时候我想,我会成为一个艺术家,只是因为这是我避开父母的唯一办法。他们吵架的时候,我就躲在里屋看漫画、画画、听唱片,45转唱片上小理查德①的那首《她如此迷人》,"莱斯特唱道,"住在街尾那甜美的小姑娘/我为她疯狂,她是那么甜美……她如此迷人!"

加百列的内心开始澎湃。莱斯特·琼斯正对着他们唱歌呢!

他接着说:"不知道为什么,我一直喜欢唱这首歌!还有画画!还有穿意大利夹克配白色亚麻裤子。还有和袜子颜色搭配的切尔西靴子和眼影!"

莱斯特笑了起来。加百列和爸爸也跟着他一起笑,有如两个卑躬屈膝的弄臣,但是却笑得不明就里。加百列知道爸爸很羡慕

---

① Little Richard,二十世纪五十年代美国摇滚乐坛的著名人物。——译注

莱斯特。因为莱斯特可以坦荡地做个自我中心主义者,他在讲述自己的事情时,也是充满自信,确信别人都会洗耳恭听。爸爸还是个乐手的时候,自己也曾经像个小国王;后来,至少在他自己的家里,还有人照顾着他。可现在,连这一点优越感也没有了。

莱斯特用指节敲着桌子。"我们走!前进!前进!"

门开了,那个穿炭色宽松裤的女孩走了进来。

莱斯特朝他们挥了挥手,转身离去。

爸爸和加百列被那女孩带着,匆匆穿过似乎经过漂洗的迷宫一般的酒店。

快走到大厅的时候,加百列从口袋里掏出一个从莱斯特的水果盘里拿来的苹果。他把它放在地上一圈黄褐色石头的中央。他想这一小片色彩也许能让大家高兴起来。他和父亲挤进那群在寒风中冻得跺脚的摄影师和歌迷中。加百列回过头,看见几个没有颜色的身影正匆忙跑向那颗叛逆的无政府主义的苹果。

加百列不禁想知道,父亲是否也觉得这一幕很有意思。爸爸以前很喜欢颠覆传统、打破常规的事情。有一次,爸爸穿成圣诞老人的样子,带着加百列和他的好朋友到伦敦西区的一家大商店里,把玩具分给孩子们。不一会儿,商店的保安就开始追着爸爸、加百列与其他人到处跑。保安的身后则跟着一群愤怒的孩子,他们很生气竟然有人要抓和蔼可亲的圣诞老人。跑到外面,他们笑得喘不上气来。

现在没有这样的乐子了。

第四章

加百列和父亲在喧闹的人群中推推挤挤,试图挣扎着走出来——这对加百列来说要容易些,因为他个子比较小——他朝后看去,发现爸爸被拦住了。

莱斯特的一个老年女歌迷用她的白爪子抓住爸爸的胳膊,使得他不能动弹。

"对不起,"她说,"先生,就耽误你一秒钟。"

"无可奉告。"爸爸鹦鹉似的重复着,试图挣脱她。

加百列必须在原地不停地跳才能看见父亲,手里抓着莱斯特给他的那幅画。

"爸爸,爸爸——快过来!"

他准备往回走去拉父亲的手,好把他拖走。那女人似乎在脑海里疯狂地搜寻着什么,然后突然说:"你是——雷克斯!雷克斯!"

"你是谁?"加百列的父亲望着她苍老的脸,仿佛他能看见苍老外表掩盖下的年轻的面孔似的。"我不认识你。"

"我当时也在那儿。是我看见……我看见——"

"你在哪儿?看见什么?"

"在芬兰,就是你穿着厚底靴子摔倒的地方。我当年一直跟着乐队四处跑。那时候你是贝司手。"

"对,那就是我!"

"你弹的一手好贝司。"

"你注意到啦?"

"你崴到脚踝的时候我正看着你那边。我听见你大叫一声,然后就摔倒了。'噢,上帝啊,他受伤了。'我心想。我当时真想跑向你,亲吻你,让你再活过来——"

她的声音很快被人群中响起的另一个声音湮没了:"他是莱斯特的贝司手!"

"他是皮猪乐队的成员!"

"是雷克斯!他还活着!"

"他从冰岛回来了!"

"他刚刚去看莱斯特了。他碰过莱斯特了!"

"雷克斯!雷克斯!"

"朝这儿看,皮猪雷克斯先生!"一个摄影师大喊,"朝你的歌迷们微笑一下!"

"微笑,微笑,微笑!"

人群朝加百列的父亲围过来,互相推挤,为了找个更好的角度看个清楚。有人爬到别人的背上。加百列看到在众人的关注之下,爸爸不知道是该高兴还是该感到屈辱。

那女人继续说:"你是最迷人的一个皮猪。我总是最留意你——除了莱斯特之外。"她画蛇添足地加上这一句。

爸爸说:"你记得我那件螺旋花纹呢的闪亮外套和那双有心型图案的银色靴子吗?"

"噢,是的,是的。我记得——噢,那双银色靴子!"

"还有红色缎子——"

加百列发现那些歌迷并没有拉扯父亲,他们只是想触碰他,仿佛他可以治病或是拯救他们似的。没过一会儿,他看上去就像是穿着一件用手做成的衣服。

那女人说:"我求求你——帮我签个名吧。"

爸爸利索地在她的书上签了名,还俯下身子亲吻了她。别的歌迷见此情景,也纷纷举起他们的书朝他挥舞,气势汹汹地伸到他面前。爸爸很快就被人群湮没了。

"快跑!"等爸爸那一小片秃顶又从人群中浮现出来时,加百列朝他大喊,"快跑,爸爸! 快跑!"

确定爸爸跌跌撞撞地跟上来之后,加百列撒腿就跑,冲过人群,逃到一条平常的街道上。街上满是购物的人和上班族。他们一直跑到路尾才停下脚步。

爸爸面色苍白,浑身发抖。他按住胸口,一时说不出话来。

"我以为他们会生吞了我,然后再把我吐出来。"

"像以前一样吗?"

"太像了。但是报酬少多了。"

"不过这挺有意思的。等着看看别人听说这件事情的反应吧。"

"别告诉妈妈。"

"为什么?"

"那不是个好主意。能答应我吗?"

他的父亲打开车锁。加百列回头朝酒店看去。

一辆有着深色车窗的黑车从远方沿着一片砖墙,快速驶入他们的视线。车轮发出高贵的细微声响,意味着它只是微微地接触到地面。莱斯特的歌迷们和那些摄影师发现了这辆车,开始跟在车子后面狂奔。有些人摔倒在地上,被后面的人踩过去,签名簿和笔从手里甩了出来。至少他们对爸爸不再感兴趣了。

那辆车开过他们身边,爸爸朝它挥了挥手。"那是莱斯特——赶去机场。"

"他要去哪儿?"

"他自己有一座小岛,周围用倒刺铁丝网和炮艇保护起来。他可不是傻瓜——他一直很清楚,名声只是过眼云烟。他也知道,名声可不像自来水开关一样可以由你随意控制。不过,成名也是要付出一定代价的。比如,他就没法像我们一样在马路上闲逛,"爸爸扫视着街道两端,"不过他也没有失去多少。"

莱斯特提醒加百列要提防来自他人的妒忌。莱斯特说,别人的嫉妒和仇恨,还有他们想要控制或者破坏你的欲望,是人类最强大的力量之一。他说,在面对这种力量的时候,人可能会尽量让自己显得不起眼,把自己隐没、混杂在人群里,让自己看起来不比别人更有天分。不过,如果你真的打算让自己"消失",或是遮遮掩掩地活着的话,你只会剥夺了自己的天赋。莱斯特还说,找到支持你、启发你、不会嘲弄你的愿望的人,是非常重要的。

那辆车加速驶向远方。加百列想车里那个苍白、孤独的身影也许正在那里写作、画画,或许还在心满意足地哼着那首《她如此迷人》。

爸爸突然开口说:"那张画在哪儿?"

加百列拍了拍它。"就在这儿,爸爸。它很安全。"

"很好,很好。我想还是让我来保管它吧。我觉得这次和莱斯特见面很有趣。我们去找家咖啡馆聊聊天吧。"

加百列提醒父亲:"我这会儿应该待在学校里的。"

"我忘了。难道你还想再受点教育吗?"

"我今天学得够多了。"

爸爸把画拿过去,塞到外套的前面。

他们走进附近的一家咖啡馆。爸爸用袖口在一张湿乎乎的桌子上擦了擦。他取下橡皮筋,把画展开。为了让它平整一点,加百列拿一个酱汁瓶子压在画的一头,又把一罐芥末酱压在另一头。

"不错,画得真是不错啊。"

爸爸戴上眼镜,口气有如电视上鉴定古物价值的古董商。

"我刚才没机会仔细看,"他继续说,"这幅画很有点意思。我还以为它只是张速写呢。"

"才不是呢。"加百列一边说着,一边俯过身子看画。

和父亲一样,加百列看得出这是一幅连贯的完整的作品,而不是什么速写或是信手涂鸦,莱斯特可能已经画了好一阵了。

"这张画是献给你的,还签了名,"爸爸说,"我想得没错,莱斯特很友善。他对我一向如此。"

"你喜欢他的新专辑吗?"

"喜欢,很喜欢,"爸爸漫不经心地说,"应该还没多少人听过这唱片。我们很幸运,能受到这种待遇。"

这时有个女招待走过来,看着那张画。

"是你画的?"她对加百列说,"真漂亮。"

"是的,没错。"

"我真希望我也能画出那样的画。"

加百列抬头扫了一眼父亲,不知道他哪里又出了问题,他这会儿正盯着那女招待,一脸鬼样。

"我们是兄弟,"爸爸指着加百列说,"他是哥哥。"

她咬了一下嘴唇。"你们要点什么?"

"你觉得我爱吃什么?"

"我快忙死了,"她说,"拜托。"

"拜托你,我们可是艺术家啊。"

"去他的艺术家。"

"有意思。再说一遍,说啊。"

爸爸死盯着她看。加百列给爸爸和自己点了热巧克力和奶酪蛋糕。

爸爸看着她走开,然后才说:"就这样吧。我们得先看看这张画值多少钱。"

"你什么意思?什么值多少钱?"

"我想我们有一笔好买卖了,把它卖个好价钱。"

"卖这张画?"

爸爸点点头。

加百列说:"莱斯特没有给你钱吗?"

"我会这样羞辱自己吗!? 我是音乐家,不是乞丐。不过我们可以好好利用这张画,"他揉了揉额头,"老实告诉你吧,加百列,和你妈妈分居之后,我手头一直有点紧。"

加百列想起那个威胁爸爸,把他按在墙上害他撞了脑袋、弄破耳朵的男人。或许今天他还会再找爸爸的麻烦。

他的父亲说:"多年以前我曾经和一个人在一个乐队共事。现在那个人拥有好几家餐馆,里面摆满了摇滚歌星的纪念品——白金唱片、照片、吉他,诸如此类的旧东西。年轻人对那些老明星的裤子很感兴趣。这张画是最近才画的,而且还是原创的,我估计那人肯为它出大价钱。我现在就拿着画去找他,看看他怎么说。"

爸爸开始动手卷起那张画。

加百列说:"现在就去?"

"我想这会儿餐厅还开着。我们得快点,小子! 生命就是这么一回事——有了机会,就绝不能让它溜走!"

"听着!"加百列用手猛拍了一下桌子,"你听着,爸爸。"

他的父亲吓了一跳。"宝贝,你怎么了?"

加百列很为难,一时不知如何是好。这时他想到了亚奇。如果他和他的兄弟联系一下,亚奇肯定会提出一个让加百列与父亲都满意的解决方案。

加百列闭上眼睛等了一会儿,可他听不到任何声音。

爸爸抚摸着儿子的脸。"加百列,你还醒着吗?"

"是啊。等一下!"

加百列的努力没白费。过了一会儿,他听见弟弟清晰而又冷静的声音。加百列一边听着,一边自顾自地点头。有些时候,你确实可以依赖亚奇。

爸爸给画捆上橡皮筋。"我们走吧。那家餐馆离这儿不远。"

"不,爸爸。"

他的父亲抬起头看着他。"你说什么?"

"这张画是我的。"

"你的?当然是你的。可是难道我没有把一切都给你吗?你以为我这么做是为了谁?"

"莱斯特是把这张画给我的。"

爸爸卷起袖子。"你看看这些抓痕!为了拿走这张画,我差点被人弄死!那群人想要撕烂我的衣服,把我吃了!"

"这画不是给你的。"这是加百列一生中最艰难的对话。他以亚奇的声音说:"我想保留几天。"

"保留几天!"

"我想看看它。让我欣赏几天吧。"

他的父亲恼怒地看着他。最终他还是点点头,把画递给儿子。

"你会把它还给我吧?"他说,"你可不能把这么值钱的东西随便往哪儿一放。我并没打算把它卖了,如果你是担心这个。"

"那你想要干什么?"

"我只是想让别人估估它值多少钱,仅此而已。"

"我会把它还给你的。我保证。"

"你可真高尚啊,"爸爸嘲讽地说,"你可别忘了,假如你刚才没缠着莱斯特一直唠叨你的宝贝图画,我们现在也不会穷得叮当响。你逼得那个可怜人还得装出很感兴趣的样子——"

"是莱斯特说起这个话题的,"加百列说,"是他主动来找我说话的。"

"是你让他说这些的。你的行为是可耻的,忘恩负义!我真不该带你去,你这个小白痴!"

"爸爸,冷静点——"

"他几乎没和我说过几句话。他哪怕只是在回忆录里提到我的名字,我也走运了!那是我的大好机会,可结果呢?我们只带走一张破画,而且你还舍不得给我!"

加百列起身去洗手间。他回来的时候,画仍旧放在桌上,爸爸却不在座位上了。

他正把那个女招待堵在角落里,她手上还端着沉甸甸的盘子。他一边对她说话,一边在一张纸上写着什么,然后把那张纸塞到她围裙的口袋里。她则焦躁地四处张望,仿佛爸爸是一排正要往她身上压的多刺的树篱,而她要找一个缝隙赶紧溜走。

"爸爸!"加百列喊道。

爸爸一转身,那个女人拔腿就跑。

"噢,我现在心情好多了,"他的父亲说,"她拿了我的电话号码!女人就喜欢——"

"喜欢什么?"

"她们喜欢男人要她们,喜欢男人对她们热情。你记住这一点。你看,她对我很有意思呢。"

"你确定她不是想叫警察吗?"

"你怎么这么说?你在说些什么?你说我是个又老又脏的傻瓜吗?"

"爸爸——"

"你是这意思吗?"父亲的脸看起来就像被人翻了个面。爸爸可以与人调情,但他缺少魅力。"你说得没错。我就是——一个糟老头!"

"稍微有点像。"

"很明显吗?"

"偶尔。"

"这儿的灯光太亮了。"

"爸爸——"

爸爸用手指戳了戳自己的肚皮,然后捏起一圈圈肥肉。"你觉得我是不是应该做点俯卧撑?"

"这是最起码的。"

"我刚才是着了什么魔了?希望!愚蠢的希望!加百列……我太孤独了!"

"你想妈妈吗?"

"她会听我说话,她管那叫'自言自语'。我们在一起的时候,她至少还留了一只耳朵会听着我。我有好多话想对她说……只可惜现在她不想听了。她连我的家具都扔了!"爸爸回头瞅了一眼女招待,她现在正安全地躲在柜台后面,目光坚定地望着另一个方向。"我想我们大多数人都花了大半辈子的时间来控制我们对别人的欲望。"

加百列抓住爸爸的胳膊。"我会想办法劝劝妈妈的,爸爸。"

"噢,那好,谢谢你。至少我们还有这个。"爸爸一边说着,一边轻轻敲着那张画。

他们正要离开,咖啡馆的经理拿着账单迎了上来。

"您还没有付账,先生。"

爸爸一脸惊讶,然后用双手拍拍大腿,仿佛在拍打一种奇怪的打击乐器,"对不起,对不起"作为伴奏,"这条裤子没有口袋。"

幸好加百列带着点钱,那是妈妈前一天给他的。

傍晚的时候,爸爸把加百列带回了家。他们还没走到大门口,汉娜就已经打开前门,站在那儿看着他俩。

"你好。"爸爸说。

"邦奇先生,"她说,"你好。"

"和她说点别的,爸爸,说点有意思的。"

"为什么?"爸爸说。

加百列亲了亲爸爸的脸颊。他身上散发着剃须泡沫的味道,还有他特有的体味;加百列从小就熟悉这种味道。这让加百列想起爸爸以前会抓住他的两只脚,在自己胡子拉碴的脸上来回磨蹭,痒得小加百列尖声地笑。

"回见,爸爸。"

"但愿如此。我就在你身边,加百列。"

"我也是。"

爸爸伸出胳膊搂住加百列,低声说:"请别忘记——我就在我的房间里等着那幅画。现在回去好好看个够,然后早点给我打电话——也许就是明天——等你看够了以后。除了你之外,我就只剩下那幅画了。"

在自己的家门口和爸爸道别,然后走进屋里,被一个爸爸不认识的女人,一个陌生人照顾。这一切是多么奇怪啊。

爸爸转身离去的时候,加百列发现,尽管今天早上爸爸精心打扮过,但还是掩饰不住他的窘迫。身上的衣服似乎很久没洗过,头发也没剪,乱成一团。他有些驼背,似乎最近的麻烦让他不堪重负。加百列真希望他没事。

他会好好考虑一下,该帮爸爸做些什么。

第五章

加百列一进家门就开始说个不停,完全忘了汉娜不怎么听得懂他的话。至少,他想让她看看那幅画。不过,他有点怀疑莱斯特的作品是否会传到遥远的"痰"山区,或是"疝气"附近的小镇"支气管炎"。

他精神亢奋,身体疲惫。过去这两天的经历既让他激动,又让他有点不堪重负。他觉得自己就像一次过了两回生日,只不过没吃到蛋糕。

"妈妈呢?"

"啥?"

"妈妈。住在这儿的那个女人。在哪里?"

"工作,"汉娜说,"赚钱给你买吃的,你这个懒骨头。"

"噢,我忘了,"加百列说,"她今天会回来得早还是晚?"

"晚。"

他仍然不习惯妈妈不在家里。不过,他可不想呆坐着想她。他有事情要做。

他告诉汉娜他要做作业,上楼来到妈妈房间,想找到他们看莱斯特演出那次穿戴的衣服和饰品。他找不到那些衣服,但是他找到一件发霉的旧和服,和莱斯特穿的那件有点像。这不是件冬装,他必须在和服里面多穿一件T恤,不过他穿着这个倒是比以前更像莱斯特了。他走进自己的房间,一边放莱斯特的唱片,一边研究起那张画。他把莱斯特画了下来,还在素描簿上写下他能记得起来的莱斯特的每一句话,比如"如果我知道自己要去哪里,怎么可能中途迷路呢?"

他在下面配了插图来说明这些话的意思。他知道仅仅崇拜莱斯特是不够的,他不像那些歌迷,以为只要模仿莱斯特头发的颜色就能得到他的力量。如果加百列要有所成就,那么光染发是不够的。他必须以莱斯特为榜样,走自己的路。

他醒过来,发现妈妈的头发正拂着他的脸。他还是小宝宝的时候,她总会这样,用发梢拂着他,笑着,把他折磨得快要发疯。

"怎么样?"

他清醒过来,发现自己能听到楼下传来的音乐声。妈妈把她的"朋友们"带回家了。她的头发闻起来有一股浓浓的烟草味道。

"什么怎么样?"

他还不算太困,还能头脑清醒地运用标准的"青少年式防御":假装糊涂,矢口否认,谎话连篇。

"你明白我的意思。我是说你在爸爸那儿过得怎么样。"

她坐在床沿,掀开被子,挠他痒痒。

"求你别这样,"他说,"妈妈!"

"你穿了件什么衣服?"

"我就是随便找了一件。"

"你老是喜欢乱打扮。现在告诉我,你们干了些什么。"

他尽量平静地说:"我玩得很开心。"

"他在那儿都安顿好了吗?"

"不算是吧。"

"不算。这么说——情况不妙咯?"

"还不算太糟。"

"你这话什么意思?"

"我不知道。"加百列避开这个话题。

"那么,爸爸今后有什么打算呢?"

"你知道爸爸的。他有几个熟人。"

妈妈轻蔑地哼了一声,然后笑了。"你是指'纳什维尔'的酒馆伙计?那条路上有一家没执照的酒馆有个空缺,他们认识他。我想,他何不在往酒馆扔钱之前先从他们那里赚点?但是他愿意干活吗?"她看着他,"爸爸喝酒了吗?"

"没有吧。"

"嗑药了?"

"你知道我已经戒了。"

"我问的是他,你这个小傻瓜!"她假装要扇他耳光,"别拿这种话题开玩笑。"

"对不起。"

"如果他敢在你面前做那种事情,我就再也不让他和你见面了。"

加百列想听听亚奇的声音,可是亚奇此刻已经让自己与世隔绝了。

有了对付父母盘查的经验,加百列觉得自己也许都够格当个外交官了。萨克的父母最近分居了,加百列听他说过自己夹在中间被两边审问的经历。通常情况下,当父母的好奇心像强光灯一样照到孩子身上的时候,孩子们用的招数和罪犯用来对付警察的很相似:"什么都不说;什么都不能泄露——说了只会让自己倒霉。"

父母最不想知道的就是真相,小孩子常常会因为说了真相而受到惩罚。加百列正在学习如何应对,但这种事情对他来说总还是有些陌生。

他说:"爸爸没那么差劲。莱斯特很高兴和他见面呢。"

她说:"哪个莱斯特?莱斯特·琼斯?"

"他还送了我一张他画的画。"

"莱斯特好多年没和你爸爸见面了,你是不是在编故事?我记得你曾经对老师说,我掉进火山口里了。"

"你没有吗?"

"多少有点吧。加百列,你怎么知道莱斯特很高兴?别告诉我你们两个都去了。"

"没错。"

"那么,莱斯特住在哪儿?"

加百列开始描述那家近乎于隐形的酒店,但是妈妈并没听他说话,而是凑近了看着他。

"我知道你见过莱斯特了，"她说，"你还涂了我的眼影，是吧？"

"我觉得绿色是适合我们的颜色。"

"不包括这种庸俗的绿色，"她说，"不过见了他也改变不了什么。"

"可能是吧。但是他说我很有天赋。"

"演艺圈的人就喜欢说这种屁话。他们也这么说过你的父亲，说他有什么'充满魔力的手指'，其实是笨手笨脚才对。"

"我倒没有这样的感觉，"加百列像个校长一样自负地说，"他不像是在说客套话。"

"哦，是吗？你刚才说有张什么画？拿来给我看看。我才不信呢。"

"克莉丝汀！"楼下有人大喊，"再给我们来一点！"

加百列说："谁啊？"

"一个朋友。我该走了。"

加百列爬下床，展开那幅画，然后递给她。她对着它看了很久。

"的确是他画的。你要把它放在哪里？"

"爸爸很喜欢这张画。这张画会让他的房间充满朝气。"

"他的房间需要朝气吗？"

"他连亚奇的照片都没有。"

"没有吗？说不定他现在根本不再想亚奇了。"

加百列说："爸爸那里的墙油腻腻的，也许根本黏不住任何东西。"

"那么,你不能把画放在那儿。噢,不行,不行,不行。"

"但是我要先给它裱个框。"

"你以前说他那儿很阴冷,是吧?"

"克莉丝汀!"另一个声音大喊。

"又是谁啊?"

"另一个朋友。"

"妈妈,你就不能去爸爸那儿打扫一下吗?"

"噢,当然啦,"她语气里满是挖苦,"我明天一起床就去。他现在有的是时间,不是吗?"

"你不想见他吗?"

"我为什么要见他?"

"他过得很不好。"她不吭声。"我觉得他想见你。"

她说:"他没有工作,是吧?"

"现在还没有。他正忙着……思考。"

她像是被呛了一下。"忙着干什么?"

加百列重复了一遍:"思考一些事情。"

"思考!哈哈哈!"她放声大笑。她把这个词重复了好几遍。"思考!"每说一次,就发出一阵怪异的狂笑。

最后她拿起那张画。"我要借一下这张画。"

"妈妈——"

"我想拿给朋友们看一下,你有意见吗?"

"爸爸正在帮我想该怎么处理这张画。"

"我打赌他会这么做的,"她说,"那他有什么建议呢?"

"我还不知道。"

"他今晚肯定用不到这张画吧。要是照我的意思,他永远都别碰这张画。"

"你说什么?"

她说:"就让他们看一下吧。"

"只要他们别对着它喘气就行。"

"别担心,这些人根本不能算是活着。"

她拿上画,快步走出房间。

加百列穿上拖鞋,紧跟其后。

客厅光线很暗。加百列看到母亲的两个朋友正拼命地往喉咙里灌酒,衬衫前襟满是酒渍。

小厨房的门敞开着。汉娜的黑白电视一闪一闪,照出她裹在毛毯里的农夫一样结实的线条。

那两个男人正在争论。

"这件事——"其中一个人说。

"才不是这样呢,"另一个人说,"事实上你说的都是废话——"

"我不信说服不了你,乔治,"另一个人说着还挥了挥拳头,"你给我坐好,听我把话说完。"

妈妈像是一个对小学生训话的老师那样,拿出了那幅画。

"看看,你们这两个家伙,看看这个。这是莱斯特·琼斯画的,那个大明星。我以前和他很熟。我还给他设计过一条用毛绒装饰的裤子。我们把那个时候叫做他的'印第安餐厅'时代。"

"但是你听着——"那个叫乔治的人说。

"我很清楚你想说什么,"另一个人说,"如果你真的要说,我会拼了性命让你闭嘴——"

妈妈关掉音乐,把烟灰缸和玻璃杯从桌上拿开,然后摊开画。

她指着加百列。

"这就是他,我儿子。"

其中一个说:"我不记得你说过你有儿子啊。"

另一个说:"他穿的什么鬼东西?"

妈妈说:"和服。别管这个了。好了,加百列,莱斯特·琼斯为你画了这张画,对不对?"

"妈妈,不完全是这样。爸爸是莱斯特的老朋友。莱斯特告诉我,爸爸是他合作过的最出色的乐手之一。是爸爸创造了他的声音,真的。其实我们去之前莱斯特已经在画这张画了,等我和爸爸出现的时候——"

"好了,好了,你又不是在泰特美术馆演讲。你知道吗,莱斯特·琼斯曾经和我好过,"她说,"很多年以前,他想约我出去。"

"你应该嫁给他。"其中一个人说。

"至少这样我就不必自己掏钱买酒喝了。"

"那你也不会和我们混在一起了。"另一个人说。

"好吧,"她说,"你们两个好好看看这幅画吧。"

为了让自己显得听话,两个男人努力把视线集中在画上。其中一个频繁地揉着眼睛,为了看得更清楚一点。

过了一会儿,其中一人开口了:"这是什么?"

另一个人回答:"别管那么多了——"

"他应该老老实实唱歌。"

"看在上帝的分上,好好看画吧,"妈妈说,"我只要求你们好好看画。"

其中一个用胳膊肘推推另一个,要他闭嘴。他们神色悲哀地凝视着那幅画,一言不发,直到一个男人还冒着火光的香烟灰像枯叶一样掉在画上。一直在一旁观察着他们的加百列蹿上前去,在烟灰把画面烫出印记之前弹走了它。烟灰飞到另一个人的大腿上。

他又有点后悔这样做,要不然那张画就可能着一场漂亮的大火。火也许会烧到他的身上,妈妈就必须给他扑灭,用床单把他包得像木乃伊一样。这样,他就可以在床上悠闲地度过好几个星期。为什么人一想到要摧毁最贵重的东西,心里就会感到一种隐秘的快乐?

"好啦,"他的母亲说,"够了!下次再看吧!"她转向那两个人。"你们知道,他很有天赋的。"

"莱斯特很会唱歌,这一点毫无疑问,像那首《小丑说哈哈》。"

"那不是他唱的。"另一个人说。加百列闻得出来,那烟灰还在那个人的裤子上暗自燃烧。"那是——"

妈妈说:"不是,我说的是加百列!"

"谁?"那个裤子着火的人说。这时候他忽然瞪大了双眼,一只手抓住裤裆,另一只手用力拍打。

"这个男孩儿——就是站在你面前的这个男孩儿!"

那两个人像看一个幽灵似的看着加百列。平时妈妈生气的时候,加百列和父亲会很害怕,可是这两个人显得无动于衷,茫然地看着她。他们看起来不只喝了酒那么简单,而是服用了一些别的东西,因此才会对周遭状况反应迟钝。这让加百列很困惑。他对毒品略有所知——这个年代的小孩都这样——但是他就是不明白,为什么有人会这样对待自己的身体。

她转身对加百列说:"嘿,我有一个好主意。让他们见识一下你多有天赋吧!你给我们画张像好吗?对,我们三个人——就在这儿,就现在!去把你的蜡笔和其他东西拿来。这主意不错!"

"我现在不想画,妈妈。我累了,明天还要上学呢!我这会儿应该在床上了!"

"这是你第一次说这种话!别闷闷不乐的了。"

"我能不能就唱一首《请你这么想》呢?"

"唱这个干吗?我们已经有音乐了。是不是莱斯特夸奖过你,你就觉得自己不错了?"

"唱吧。"其中一个人说。

另一个人哈哈大笑。"去找份工作吧,小家伙!"

加百列上楼去拿他的画具。

拿来之后,他静静地待在房间的一角。很快,他的母亲和她那两个眼神迷离的朋友似乎就把他给忘了。他们不停地喝酒,大声嚷嚷,还躲到厕所里做一些秘密的事情。

他飞快地画着。他现在喜欢这样画画,用蜡笔画,手指把各种颜色擦在一起,创造出房间烟雾弥漫的效果。不知怎的,这个场景让他想起一个他很喜欢的画家——劳特累克。劳特累克16岁的时候,已经完成了五十幅油画和三百幅素描。加百列一想到他,笔下的画风也不由得和他相似了。

过了好一阵,他的母亲终于想起他了。"给我们看看!画得好吗?"

她把素描簿拿到房间的另一头,拧开一盏台灯。

她对着画端详了一会儿。一个疲惫的、穿着黑袜子的中年女人正往上拉自己的裙子;两个自负的胖男人穿着紧绷的马甲,在一边满脸谦卑地看着。

加百列站在妈妈身边,发现她没有戴爸爸送她的印度戒指。那并不是他们的结婚戒指——他们在其他许多方面可能和生意人一样,非常布尔乔亚,可是他们那代人并不时兴结婚。爸爸在带妈妈去泰姬陵的那天买了这枚戒指。"不是那家餐馆,是印度的那座建筑。"这样对别人解释让爸爸觉得很开心。加百列之前从没见过妈妈脱下它。

他正想问她这件事,一个男人开口了:"我们快紧张死啦——快让我们看看!"

他走到加百列的妈妈身边,用胳膊揽住她,还一边托她的屁股。加百列不喜欢他那样摸她,却又等不及想看看那个人对这张画有什么反应。

那个人哈哈大笑,然后转身对加百列说:"你就不能把我画得帅一点吗?你这个小恶魔。我看起来就像头野猪!"

"画得真形象!"另一个人说。

"看看他是怎么画你的!"第一个人说,"刚从微波炉里端出来的比萨!"

他的母亲拿过画,折起来,把它放在桌上。

"你不睡觉吗,妈妈?"加百列说。

"睡,睡,很快就睡。"

她陪加百列上楼钻上床,她忘了亲他,因为她正在专心地想着别的事情。

"爸爸不会喜欢这些人的。"加百列说。

"和他没关系。现在的一切和他一点关系都没有。"

过了很久,大门砰的一声关上了。一个男人的声音在街上回荡,接着是酒瓶砸碎的声音。她走进自己的房间,一切又平静下来。

加百列听见一阵呜咽声,他走出房间,到了走廊上。她的房门开着。

她坐在架高的床上,上身赤裸,只穿着灯笼短裤和一只鞋子。妈妈一定是累坏了,她几乎坐不起来。她用一只手撑在床上,几乎要撑不住了,另一只手放在大腿中间。

加百列听见一个声音,但是最初他弄不清声音是从哪里传来的。最终他发现一个男人坐在地板上,头埋在胸前,自顾自地唱着歌,试图把自己的衬衫脱下来。

加百列劝他站起来。

"那是乔治的,"那个人指着床,口齿不清地说,"我一会儿就爬上去征服它。我得先去上个厕所。"

"往这边,"加百列说,"把你的衬衫给我。"

"谢谢你,先生。你该不会是——我是说万一是——偷衬衫的贼吧?"

"我不是。"

在那个人弄清楚自己身在何处之前,加百列已经带他下楼,打开大门,把他推到冰冷的街上了。加百列迅速地锁上门,关上灯。

他看着那个人在马路中间解开拉链,于是透过门上的信箱朝外大喊:"那是个户外厕所!就在那儿,就在左边!别忘了冲水!注意后面的车!"

他从没见过母亲醉成这样。她瘫下去的时候,加百列看见她几乎要摔到地上了。他爬上床,两手环抱着她,把她沉重的身体往床中间拖。她似乎没注意到他帮她穿上了睡衣,但是他帮她扣纽扣的时候,她开始亲他,还管他叫"亲爱的"。

"我是加百列啊。"他说。

她的嘴巴张着,已经呼吸沉重。

他可以把她画下来。他并不需要去拿素描簿,这一幕他永远都会记得。

加百列帮她盖好被子,然后给了她一个晚安吻。

第六章

第二天早晨加百列赶在妈妈之前起了床,准备去上学,汉娜则忙着把炒蛋铲到平底煎锅的一边。吐司已经烤焦了。

"那张画怎么样?"

爸爸已经打来过电话了。从加百列站着的方位望去,可以看见一件男式衬衫挂在椅背上。

"很好。"

"看完了没有?"

"还没有。"

"妈妈看到了吗?"

"看到了。"

"她怎么会看到?"

加百列说:"她那么喜欢瞎打听,她总会发现的。"

"你说得对,"爸爸说,"她喜欢吗?"

"当然了。"

"你都跟她说了些什么?"爸爸问,"你有没有提到莱斯特?"

"提到了。没什么问题吧?爸爸,她都被那幅画打动了。"

"那是肯定的。你没有说我的坏话吧?"

"什么坏话?没有。"

爸爸叹了一口气。"你把画放在安全的地方了吗?它就在你边上吗?"

"噢,是啊。就在这儿。事实上……我正在看它呢!"

"看完了就打电话给我。我也许今天晚些时候就去拿,等你放了学,"爸爸又礼貌地加了一句,"你觉得可以吗?"

加百列说:"爸爸,你今天还有别的事情要做吗?"

"我不知道。看情形而定。"

"莱斯特的画呢?"加百列一边问汉娜,一边咬着有如木炭的花生酱三明治,"你看到过没有?"

她困惑地看着他,一头雾水。

加百列最后一次看到画的时候,它正放在客厅的桌上。但是现在画已经不见了。他的母亲可能为了安全起见,把画带回自己的房间了。她可不会因为他进去叫醒她而对他说谢谢。

加百列去上学,对功课却并不上心。他开始想这个问题,觉得可能是自己的年纪太大了,不适合上学了,或者是学校本身对他而言已经落伍、过时了。学校没有给他足够的东西去思考。他一旦把注意力集中在作业上,便会觉得别的地方正发生着更新鲜刺激的事情。

那天早上,加百列正忙着在笔记本上草草写下闪过脑海的电影思路时,老师一把夺走本子,说:"你为什么不专心上课,加百列·邦奇?"

"你的课不够好玩,吸引不了我的注意力,先生。"加百列脱口而出。

"不够好玩!你以为这是什么——娱乐节目吗?"

"我希望它是,先生,我希望它是。"

其他学生哄堂大笑。

老师说:"我要好好教训教训你,让你觉得有一堆砖砸在你身上。"

一个学生喊道:"顾客永远是对的,先生!"

另一个插嘴说:"均码啊!"

"按照指示去做!"

"别在家里尝试!"

"把脸转过去!"

"我们在去温布利球场的路上!"

教室顿时成了疯人院。

加百列看着老师,回敬道:"你也不过就是一堆砖罢了,先生。"

"邦奇,你再说一遍。"

这是加百列唯一乐意遵照的指示。

老师强忍着没去揍加百列,不过加百列也许会连着一个星期在放学之后留下来,当然这不是因为他开始热爱学校了。那个读过很多书,会使用很难的生词(甚至拼得出"早熟")的萨克告诉加百列不用担心,如今的教育体系缺乏想象力,而且施行强制教育,因此这种教育必然要失败;遵从规范无异于扼杀个性。就像爸爸说的那样,这个地方应该是学校,而不是精神病院,更不是监狱。

加百列被请出了教室,独自站在走廊上,就像一条被迫在店门口等待主人的狗。

"法西斯主义,"萨克从他身边经过的时候用唇语说,"给我打电话。"

"我会的。"加百列回答。

他现在和萨克不在同一个班里,很少见面。萨克为了避开身为中产阶级小孩所带来的麻烦,当上了图书馆管理员。他发现书本后面是很好的藏身之所。大人们都很尊重书本,虽然没有人能解释个中原因。

萨克很聪明,很会接纳新事物,他也会自己想办法解决问题。"父母们都很奇怪,"有一次他说,"他们想从我们这里得到什么呢?我们的尊敬和乖巧。但是他们有没有尊重过我们?他们几时听过我们说话?几时思考过我们想要什么?"

萨克也对学校不感兴趣。他愿意忍受这些,是因为他知道这只是一个过程。他可以预见未来精彩的生活在等着他。

自从父亲离家之后,加百列就很少在学校外面和萨克见面了。萨克知道发生了什么事,同样的事情也发生在他和班上好几个同学身上。现如今,来自"完整"家庭的孩子算是少数族群了。但是加百列不想谈论父母分居的事。话语像炸弹一样危险,这是加百列在母亲面前赌咒时发现的。话语不仅仅描述事物,而且会给他人带来影响,甚至会导致事情发生。目前发生的事情就已经够多的了。

不管怎么说,他想,孩子们和那些名为"父母"的性情乖张且情绪反复的上司生活在一起,早就懂得什么叫暴政了。孩子们的思想和行为在这种政体之下受到严格限制。孩子是无政府主义者,是持不同政见者。他们在秘密基地进行地下活动,努力找寻不受侵害的隐私。

但此刻,加百列可不觉得自己是光荣的无政府主义者。

一个平日和加百列没说过几句话的老师走过,在他身边停下脚步站了一会儿,然后说:"我记得你,邦奇。你是叫这个名字,对吧?"

"是的,先生。"

"你刚到这里的时候还充满自信,现在却整天战战兢兢的样子,"那老师摸了摸他的脸,"你抽搐的老毛病又犯了。"

"是吗,先生?"

加百列有一只眼睛会抽搐,眨起来像是出了故障的摄影机快门。当他意识到这一点的时候,只觉得自己的脸上仿佛爬满了蜘蛛,昆虫在他的皮肤底下乱窜。

"好好照顾自己。"那老师说。

"谢谢您,先生。"

他会好好照顾自己的。莱斯特开阔了他的眼界,引导他进入一个属于自己的世界。加百列迫切地想再仔细看看那张画,以便提醒自己这一点。

那天下午回到家,他却怎么也找不到那张画了。画不在母亲房里,也不在他自己房里。

他拉开柜子,在同一个地方找了一遍又一遍。最后他走到汉娜面前,她正站在浴室外面。

"很抱歉,汉娜,"他以商务人士的口吻说,"我要出去开个会。

你能为我把晚餐保温吗？那样我会很感激你的。"

"我一会儿就去热热你的狗屁晚餐！"必要的时候，汉娜总能找到最合适的表达方法。她交了一些同行朋友。从某些方面来说，随着伦敦变得越来越富有，整个城市也越来越有维多利亚时代华丽典雅的风格了。她的朋友们一定指导过她。"泡澡时间到了！到处都是水！"

她指着放满了水的浴缸。

"你去泡吧，"他说，"顺便洗一洗！"

让她更为惊讶的是，他穿上外套，拿起椅背上的那件男衬衫，然后走到屋外，高声诵道："多么适合散步的夜晚啊！"

她站在门外的台阶上，用合乎情理的英文嚷道："等等，等一下！应该是我来管你！"

"我要去找妈妈，"他说，"我不是小孩子了。"

他回头看时，发现她打算跟在他后面，不过没过多久他就把她甩掉了。

母亲的上班地点只隔着几条街，他很快就到了。

过了下班时间，酒吧里就开始乱哄哄的，挤满了穿着黑衣服的上班族。门口的一个女招待想拦下他。"你年纪太小了！"

"那你把我关进监狱啊。"

他看见母亲在酒吧的那一头，靠着桌子站在一个男人身边。他认识那个人，却记不起是在哪里见过了。这感觉很奇怪，她是他生命中最重要的女人，但在这儿她却无足轻重，不过就是个女招待罢了。更糟的是，在这一刻，她可能根本就没想着他。

"妈妈！"他踮起脚尖。

听到他的声音,她立刻抬起头来。他可以在一瞬间重新控制她的注意力,再次拥有她,这真是一种绝妙的力量。

她赶紧走过来。"出什么事了吗?"

"是啊。"

"什么事?快告诉我!你是不是不舒服?"她把手按在他的额头上,"你身上发热!"

"我当然要发热!我的画在哪儿?莱斯特给我的那张画。"

"噢,那个啊。你来这里就是为了这个?你手上拿着什么?"

"昨晚某个汗津津的男人留下的。"

她拿过衬衫,过分仔细地把它折好。她说:"为了安全起见,我把画收起来了。"

"谢谢。但是我现在要那张画。"

"要它做什么?"

"那是我的事。"

"别冲我大声嚷嚷。我是个单身母亲,而且我头痛得厉害!"

"是吗,那我真惊讶你还能好好地站着。"

她立刻表现出一副受伤的模样,想让他感到这都是他的错,他的要求太过无理。

刚才试图阻止他进门的那个女招待走到他妈妈面前。"克莉丝汀,有客人在等着呢。"

"马上来,"接着她对加百列说,"回家去。"

他说:"我想看看那张画。"

"别把画弄脏了。每个人扯来扯去的,早晚弄坏了。"

"你是说爸爸吗?"

"那个人是个老嬉皮。他们那一代人不理解也不愿理解事物的价值。你想想看,为什么这些年来我们一直这么穷?因为你爸爸不想变得'物质'。我把画放在……很安全的地方。你可以拥有那张画——你当然可以拥有那张画——等你长大之后。"

"长大!我是不是永远都长不大了?他把画给我的时候,我已经足够大了。那张画是我的,这是事实。"

"事实?事实!"她哈哈大笑,"可我们是一家人啊。"

"一家人!"

"我们可以作为一家人一起看那张画,等到我说可以的时候。"

加百列说:"我希望爸爸有时候也可以看看那张画。"

"我会考虑的。他走了,他不要我们了。你想他为什么要离家出走?"

加百列全身颤抖;他恨她,同时对自己的愤怒感到害怕。她拒绝理解他,拒绝认真对待他。她甚至还对他的愤怒表示不满。

"我只知道,"他们走到门口时,她说,"你只在有求于我的时候才会到这儿来。我刚才看见你的时候,差点以为你是来看看我在这儿好不好呢!"

"你在这儿好不好?"

"什么?很好,"她说,"我喜欢这里。你爸爸以前说过,我有做女招待的天赋。也许他是对的,是吧?"

他抬头看见汉娜那黑色邮筒般的庞大身躯正挤进门来。

"坏,坏小子。"

她几乎站不稳了,只能倚住一张桌子。

"谢谢你,汉娜。"他母亲说,接着便回去工作了。

"小子,"汉娜说,"小子——你过来。"

到了酒吧外面,汉娜拉住他的手,想要领他过马路,仿佛他是个短胳膊短腿的小娃娃。他踉踉跄跄地跟在她后面,想起自己在孩提时代被妈妈硬拖着走路,大腿上还挨了几巴掌。

走到人行道边上的时候,他停下脚步,猛地甩掉她的手;要是她再碰他一下,他就会把她放倒,而且甘愿承担一切后果。

汉娜看着他。他的眼睛里一定燃烧着熊熊怒火,因为他看到汉娜眼睛里的恐惧。

"好吧,好吧,"她说,"跟着走吧。"她朝着一个方向迈开步子,紧接着又转向另一个方向。

"你要往哪儿走?"他问她。

"噢,我不知道,"她说,"我们在哪儿啊?"

"在伦敦,"他又加上一句,"你最好跟着我走。"

走到路尽头,转过街角,加百列看见爸爸正站在家门口。他抓过汉娜的手,把她拉到一辆小货车后面。

"我先待在这里,"他低声说,"你往回走吧。让他看见你。"

汉娜虽然一头雾水,不过还是照做了。爸爸一看见她走近,拔脚就走,头也不回地拐过了街角。

回到家,加百列又开始找那张画,最终还是没有找到。他对妈妈的怨气越来越大,决定要等她回来之后质问她。但是当她进屋的时候,他听见一个男人的声音。他决定等到那个人离开,大门关上之后再去找她。不过还没等到那个时候,他早已筋疲力尽,呼呼睡去了。

第七章

他猛然醒过来,好像是有人把他推醒的。他打开灯,环视四周。房间里没有其他人。他怀疑自己是否像过去那样做了与死亡相关的梦。但事实并非如此:他没有大汗淋漓,也没有感到害怕。

他好像听到从远处传来的声音。他想也许是父亲正站在门外想要进来吧。不过他很快听清是亚奇在呼唤他。亚奇有事情要宣布。

"什么事情,亚奇?"加百列声音低沉,"如果你有什么要说,我就在这里听着。你最好赶紧说出来,少啰唆。我不想绕圈子。"

亚奇开始说了。

他告诉加百列那幅画在哪里,而且说他应该去取它。如果他们两个都活在世上的话,他说,他们将会像伊尼德·布莱顿[①] 故事

---

① Enid Blyton,英国儿童文学作家。——译注

里的双胞胎那样去冒险。不过，这里有一个小问题。亚奇告诉加百列，莱斯特的画藏在妈妈的卧室里。当然，妈妈已经睡着了。

亚奇看起来并不因此感到困扰，寻常的障碍是难不住幽灵的。

亚奇一说出那幅画在哪里，加百列就知道他的弟弟是对的。应该是在那里，他早就应该想到了。妈妈在藏东西方面没有想象力，或许妈妈也低估了加百列的决心。

是什么决心呢？

他坐在寒冷和黑暗之中。唯一的声音是汉娜的鼾声：她的不安宁的呼吸声从门下吹进来，犹如寒风鞭打，冻僵了他的脚踝。他想滑进羽绒被里睡上一觉。他在心里咒骂亚奇太会挑时间，但他无法否认这个死去的男孩敏锐的知觉。

加百列必须朝着天使的声音所指引的方向走。

他吸了几口大麻烟，打开门，走出他的房间，站在走廊上。妈妈的门半开着：从他和亚奇还是婴儿时起，她就让门半开着，以便能及时听到他们的哭泣声。

他推开她的门走进黑暗中。他在她的房间里了。他听到她的呼吸声。他又迈出另一步，接着便撞上一面看不见的墙，一只脚就这样悬在空中。他慢慢把脚放回地上。

他继续摸索着往前走，不小心绊到了一双鞋。这是一双很大的，像木块一样的鞋。这不是妈妈的鞋。他知道她的鞋总是在窗户下面摆成一排。

他躺在妈妈卧室的地板上，如尸体一般静止不动，屏住呼吸，心情还算愉快。他是面朝下躺在地板上的。这样就算她睁开眼睛，她也不会看到她，虽然她有可能闻到他的气味。

他仔细分辨着屋里的细微声响,忽然发现床上还有一个人。不仅妈妈可能会醒来,另一个人也同样会醒来。那时将会有四只愤怒的眼睛瞪着他。

房里有一些微微的光,加百列爬到房间另一端,来到撑着床的支柱旁。他知道床下的布局。孩子们总会很注意物体的下方;在很长的一段时间里,他们像步兵或者仆人一样,只能从下面看着这个世界。但这却是一个让他们了解事情如何运作的绝佳位置。

金属抽屉用挂锁锁着。以前他曾经又拉又扯,用了蛮劲才打开上面的密码锁。但是此刻他得尽可能不发出声响。他放慢动作,小心翼翼,可锁就是不开。他直想哭。他怎么可能猜得出开锁的密码呢?他试着冷静下来仔细想,接着试了试家里电话号码的后四位数字,似乎是受了亚奇在一旁的指点。还是不行。他又试了试他和亚奇的出生年份。大多数母亲不都是很感性的吗?锁开了。他成功了。他拉开抽屉。

果然,那张卷起来的画就放在抽屉里。加百列把它拿在手里。现在他只需要悄悄地离开,不被人发觉。这并不难。

突然他听见床上传来窃窃私语,咯咯的笑声,接着弹簧床开始剧烈震动。他想如果自己这时试图离开的话,一定会被人发现。他必须等待。这时候床的木腿如同一个饱受疼痛折磨的人,不停呻吟着,噼啪作响,似乎随时会散架。坍塌的床很可能整张压在床下的加百列身上!他恐惧地用双手捂住耳朵,亚奇则安静地陪在他身边。

床上两个人,床下两个人,今夜在一起度过;而爸爸就住在不远处自己的房间里。他也醒着吗?

当房间重新平静下来,床上两人的呼吸声恢复平和时,加百列才爬出来,把那张画带回自己的房间,将它平展在桌上。

他从画里看到了什么?一张大脸和其他的小脸,动物、线条、色彩、运动。模糊的东西试图变得清晰。整张画内容丰富多彩、情绪忙碌热闹,如同莱斯特的音乐,有着人人都喜欢的令人难忘的前奏。

设想自己将要亲自去创作,是观赏一幅画和观察任何事物的好方法。

他沉浸在自己的艺术世界。

黑夜过去了。他直到清晨还在工作。他必须遮住镜子,不往里面看,因为他只会看到亚奇的影子。那是一张和加百列一模一样的脸。人们能察觉到一些细微的差异,却又说不清那是什么。也许,亚奇的双眼比加百列的更分开些。加百列想起在学校里读过的普拉斯的诗歌《镜子》:"我不残酷,只是很诚实,小小神灵的眼睛,四个角。"

为了让加百列保持清醒,亚奇对他唱起了歌,从莫扎特、辛纳屈到艾拉和乔·考克。后来,亚奇把手放在加百列的手上,加百列临摹起那张画来,一画就是两张。加百列对于临摹他人的作品已经驾轻就熟,而且从中获得了很多乐趣。现在这画够分的了,每个人都能拿到一份!

早上,妈妈在楼下叫他:"加百列,吃早饭了。"

一个男人坐在客厅的桌子前,把烟灰掸在茶托里。加百列只得乖乖坐下来。

"这是乔治,"妈妈说,"乔治,这是加百列。你还记得吗?"

他们握了握手。

妈妈在乔治耳边低声絮叨,说着酒吧的事,还有她和酒吧里的人发生的争执。然后她打发汉娜去市场买菜,自己便去收拾打扮,准备出门。

"还有茶吗?"乔治问。

在此刻的光线下,乔治显得比加百列记忆中要年轻一些。乔治三十出头,头发又长又黑,带着上层阶级的傲慢气质。

加百列轻蔑地说:"我想还有。"

"你能帮我倒一点吗?我不太舒服。我昨晚几乎要得肺炎了。"

"怎么搞的?"

"我不记得了。"

加百列走到厨房去泡茶。经过漫长的一夜之后,他觉得很累。而现在他必须去上学。

他打开收音机,清清嗓子,把头向后仰去,接着朝乔治的茶里吐了口痰。虽然他加了牛奶和糖,而且搅拌了一会儿,但那杯像绿鼻涕一样的茶看起来还是很恶心。

乔治太累了,他垂着的脑袋几乎要碰到桌子了。

加百列把茶递给他,在他对面坐下。

"乔治,你今天打算做什么?"

"噢,我不知道。我是一个画家。我不用做任何事情,只要坐在我的屁股上就行了。你不喜欢艺术家吗?"

"妈妈经常说他们是废物。"

"她从来没有对我这样说过。"

"现在还没有,"加百列说,"有很多事情,人们在刚认识的时候是不会说的。比如说,她不喜欢被束缚。再比如,她热爱自由胜于一切,而我是她最心爱的男孩。"

乔治说:"这个可怜的女人很累。她最近几乎跑断腿了。"

"是啊。喜欢我泡的茶吗?"

"是的,谢谢。"

"再来点糖?"

"不了。"

"牛奶?"

这时电话响了。

"你好吗,爸爸?"加百列说。

"你妈妈在吗?"

"你想和她说话?"

爸爸迟疑了一下。"我不介意。"

"她在冲澡。"

爸爸似乎松了口气。"那么,就我们两个好好谈谈吧。我可以去拿那幅画了吗?"

"我快看完了。"

"很好,我这就来取走它。"

当人们想拥有某件东西的时候,他们的心情是多么急切啊!

"好,"加百列说,"随时都可以,但不是现在。我到时会通知你。"

乔治小口品着他的茶,突然又大声咳嗽起来。"老天!"他喊道,"我透不过气来了!"

"那是谁的声音?"爸爸问。

"汉娜。"

"难道她是男中音吗?"

"是的。"

"别胡扯了。让我和那家伙说话。"

"别傻了,爸爸。"

"听着,你必须帮帮我。那幅画别看太久了。"爸爸说。

"你到底怎么了?"

"手头紧,人也活不了多久了!"

"你身体不舒服吗?"

"越来越不行了,快要上西天了。"

爸爸放下了话筒。

加百列对乔治说:"是我爸爸的电话。他要过来。"

"现在?"

"可能是。他是个音乐家。"

乔治哼了一声:"他过去是。"

"天赋是不会消失的——如果你有幸拥有它的话。"

妈妈走了进来,乔治对她说:"加百列正在对我解释什么是天赋。"

"噢,是的。他对天赋很了解。"

加百列说:"爸爸拥有让人难以置信的天赋。但是后来他出了意外。"

"是的。我听说他面朝下摔得很惨,"乔治说,"人人都知道。"

加百列说:"我要不要把爸爸的那个梦讲给他听呢?爸爸梦

见滚石乐队邀请他加入,不过是当清洁工。他必须在他们演奏的时候,把台上的花生壳扫掉。然后在后台——"

"别谈这些了,"妈妈说,"乔治是个画家。"

乔治对着她微笑。"我要给你画张像,亲爱的。"

"我还没拿定主意。"

"你答应过我的。"

"我还不够自信。"妈妈说。

"你真是个怕羞的小东西,是不是?"

"可我真的害羞。你知道的,乔治。"

"我知道。但是你不总是这样害羞的,亲爱的。我想起那个晚上,当你……"

"请别说啦!"

"看看这些,加百列!"乔治说。

"乔治,他还小呢。"

"瞎说。他这个年纪的男孩比我们有经验多了。我还没有老到忘了这个呢。"

乔治取出一个包和几张投影片。加百列走到窗户前,把它们举高对着光。上面是一些近乎于全裸、彻底地全裸和淫荡地全裸的女人,有着前拉菲尔风格的头发,狂乱鬈曲,画法陈旧。

"原来你喜欢'前拉'风格。"

"你在说什么呢,加百列?"妈妈问。她对乔治说:"他就喜欢说一些奇怪的话。"

"前拉斐尔风格,"加百列清了清喉咙,"色彩很丰富。"

"你喜欢吗?"乔治问他。

"我很喜欢看画。"加百列回答说。

"你喜欢女孩吗?"

"有的时候。"

"有女朋友吗?"

"有过五个。现在没有。"

"怎么会这样呢?"

"我没有时间去发展一种有意义的关系。"

"乔治,别逗他啦,"妈妈说,"乔治在意大利画画,在山上的城堡里。他已经邀请我们去那里看他了。我们在那里爱待多久就待多久。"

乔治说:"在台伯山谷。离乔托的湿壁画掉在修道士头上的那个地方不远。① 这可能是上帝开的玩笑吧。我住的那个区有很多艺术家和作家。到了晚上,天气凉快了,我们就坐在小广场上。当地的木匠支起一个屏幕,我们就在室外看电影,吸烟,喝酒,谈话,直到深夜。"

加百列点了点头。

乔治指了指墙。"看起来有些照片已经挂了很久了。另一个男孩是谁?"

"他很久以前就死了,"妈妈说,"他是加百列的双胞胎兄弟。"

"天哪!这么说原本有两个?"乔治说。

"是的,"妈妈说,"原来有,现在没有了。"

---

① 1997年9月意大利大地震,位于阿西西的圣方济各大教堂受到严重毁损,教堂上部绘有乔托湿壁画的拱形天花板掉落,造成几位修士身亡。——译注

她咬着嘴唇。

加百列说:"猫王也是双胞胎。然后他胖到他自己块头的两倍。"

"真的吗?"乔治说,接着又转向克莉丝汀,"你要我为你画画吗?"

"噢,好的。"妈妈说。

"加百列?"

"只要你的画和墙纸搭调就行。"

乔治笑了起来。

加百列说:"你是只画画,还是也做装饰?"

乔治的脸色变了。妈妈看着加百列,"我想我们应该谈谈了。"她说。

"我等着呢。"加百列说。

"克莉丝汀,"乔治说,"我想我们该出去吃早饭了。"

"好的,"她接着对加百列说,"现在我不想和你谈,你该去上学了,我们找时间再说。"

"我会记在日记里。"加百列说。

"他真是多嘴,"乔治说,"如果我有订书机,我就把他的嘴巴订起来。"

"没错。到此为止,加百列。"

"什么到此为止?"

"你所做的一切。"

乔治和妈妈离开了家。加百列看着他们说说笑笑走在路上。现在,加百列又回到他那两张复制画前。他对它们很满意。他已经做了他想要做的事情。

为了庆祝一下,他拿着他的大八音盒来到"花园"。那是一个水泥的露台,四周被顶上带着铁丝网的篱笆环绕着。他又跳又唱,直到跌倒为止。

之后,他卷起一张复制画,把它放在妈妈的床下,锁上锁,又转了几下号码轮。原画和另一张复制画则放在一个没人会注意到的壁橱里。那里面塞满了旧玩具和书籍。

他想妈妈不会有闲工夫去看床下的画,因为她忙于自己的工作,终日周旋在乔治和她的朋友们之间。

然而,那天晚上她来到了他的房间。

"我知道你很担心你的宝贝画,小天使,"她说,"不过今天你上学的时候,我回家来把它从我藏画的地方拿出来,带着它去了酒吧。"

"带到酒吧了?"

"带给大家看看。"

"又在炫耀。"他嘟囔着。

"你说什么?"

他说:"妈妈……他们喜欢吗?"

"他们觉得棒极了。"

"色彩……他们喜欢吗?"

"我告诉他们我给莱斯特设计过裤子,还说起我以前在切尔西的咖啡馆和餐馆交往的朋友们。当然啦,那些厨房里的小子年纪太小,根本不知道我以前认识的那些人曾是多么有名的人物。和平时一样,他们根本不把这当回事。不过,有些人倒是出了几个好点子。"

"你什么意思?"

"就是如何充分地展示它。对了,现在我打算把它再收起来,"她疑惑地看着他,问道,"你不会又和我吵吵闹闹吧,是不是?"

"不会的,妈妈。只要画安全就行,这才是最关键的。我知道你很会办事的。"

"是啊,"她说,显然还是有些不放心,"好孩子。"

加百列感到自豪极了。他想象着大家看着画的情景。酒吧里的人啧啧称赞的是他加百列的杰作。他的计划成功了,没人怀疑一丝一毫。妈妈很高兴,他也一样。

在某种程度上,他已经成为被人们赏识的艺术家。虽然他暂时还是匿名的,如同鲁本斯的某个助手一样。

第八章

没过多久,爸爸又打来了电话。加百列说他已经充分地研究和思考过那幅画了。现在他已经准备把画借出去了。他说:"爸爸,放学后我把它带给你。我记得你住在哪里。"

"无论你做什么,记住,别带着那幅画到处乱晃,你可能会把它掉在地上的。你好好在家待着,我现在就来取。你确定你真的研究充分了?"

"是的,我想……"

加百列还没来得及回答,爸爸就放下了听筒。那天早上晚些时候,爸爸已经站在门前的台阶上,笑容满面。

"你准备拿它做什么?"加百列把画取出来递给爸爸。加百列既为这份复制品感到骄傲,又有一些负罪感。

"把它挂在墙上。加百列,你真是个天使!"爸爸展开画仔细看着,"它比我印象中的样子还要好。"

爸爸亲吻了那幅画。

加百列说:"你不想让我帮你裱个框再挂起来吗?"

"不用了,谢谢。"

"但是你连个锤子都没有。"

"别担心——我会用我的老二。"

加百列说:"你为什么这么着急啊?不想聊聊吗?"

"以后再说吧,事情开始有转机了。再见。"

加百列看着爸爸把画塞进他的夹克衫,骑着自行车上了路。

在那之后,加百列再也没有听到爸爸的消息。他猜爸爸正在忙着开始新生活。然而,几天之后,汉娜在妈妈的指示下,陪着加百列到了他爸爸的住处。他将在那里度过一个下午。

汉娜穿着巨大的黑外套,套着沉重的鞋子和帽子,站在门阶上,像是来自另一个时代。但是,加百列却看得出汉娜在服装方面很有些自矜和自信。现在很多年纪大的人都更愿意穿轻飘飘的、布满口袋的、能在各种天气穿的艾格尔牌或是南面牌的衣服,像是一群迷了路的登山客。

"来吧,"他一边说,一边扶着她走下台阶,"可别让我在路上被哪个毒贩抓走了。"

汉娜几乎没有去过比附近的商店和市场更远的地方。加百列领着汉娜来到巴士车站时,发现她被那些冷漠的、说着各种语言的旋涡般的人群吓坏了。他不停地和她说话来安慰她,但她还是坚持握着他的手。他意识到这不是因为她想引领着他往前走,而是她怕迷了路。

加百列发现,从汉娜的角度来看各处的街区,暂时想象自己身处加尔各答,是件很有意思的事。他们刚刚在红绿灯前匆忙爬上一辆公共汽车,因为司机显然觉得没有必要为他们减速。这个有着单音节名字的疯子司机唯有在听见乘客冲着他大喊时才会停车,这些乘客大部分都戴着耳机听着音乐。有些"顾客"拿着手机大声讲话,其他人则几乎都在自顾自地嘟嘟囔囔或者骂骂咧咧。加百列听说因为道路施工的缘故,汽车没有按照原来的路线行驶。这辆车似乎正在绕着伦敦西部随意地转圈;而那些狂躁的乘客一看到写着"改道"的标志就大声嚷嚷,教司机该怎么走。

汉娜很壮实,走路也拖着步子慢慢悠悠。其他路人则冲锋陷阵般地一路疾走,似乎片刻的迟疑都能引来杀身之祸。加百列尽力地催促她,以免遭遇不幸。

等他们终于到达爸爸的住处时,她已经筋疲力尽了。但是当她在外面的人行道上听到有人说她的母语时,她的脸上顿时放出光来,跟着他们走进楼里。加百列不得不嘱咐她待在原地。

"为什么——"她拖着长音。

"我爸爸可能心情不好。"他解释说。

她悲伤地收回脚步。加百列不能让她看见爸爸的屋子,因为他担心她会忍不住告诉妈妈:爸爸一天到晚猛灌啤酒,整个人被烟灰缸、脏碟子包围了,而唯一的财产就是一幅老摇滚明星画的画。

加百列把她带到巴士车站,陪她上了"愚人之船",并且把她托付给一个人,让那人告诉她什么时候下车。加百列看着她一脸的迷惑,很庆幸自己不是她。他弯下腰亲吻了她。她握住他的手,感激地回吻了他。他下了车从街上向她挥手,随后她惊恐的脸消逝在车流中。

最后他推开了爸爸的门。

"儿子你终于来了!"爸爸开心地叫着。他正躺在床上读报。爸爸把所有的衣服都穿上了,除了裤子。"小宝贝!"

"你今天看起来很高兴啊,"加百列说,"下面我们做什么?去博物馆还是电影院?有一部电影我想看,"他拍了拍口袋,"别担心,妈妈给我钱了。"

"为什么,她认为我没钱吗?"

"她了解你,爸爸。"

"她认为我没用。如果我们想看电影,我们就能去。我们几乎可以去任何想去的地方。"

"怎么去?"

"你会知道的。把裤子递给我。你有没有发现这是我新买的野战裤?"

加百列看看四周,"莱斯特那幅画呢?"

爸爸生龙活虎地一跃而起,不料却在几个随意丢弃的啤酒罐上绊了一跤,跌回到床上。

加百列扶他起来,说:"放松点,爸爸。要摔跤也要留到舞台上摔。"

"等我踩到这该死的地板,穿上鞋子,我就带你去看那张画。"

"我们要去别的地方看画?你说它在墙上的。"

"它是在墙上,不过不一定在这面墙上,但是它肯定会挂在墙上。墙就是墙,不是吗?或许你对墙很挑剔?"

"有时我就是对墙很挑剔。我喜欢我的东西挂在我知道的墙上。"

"你还想不想看它了?"

"现在不太想啦。"

爸爸一边穿裤子一边说:"老天,看来你情绪有点低落。"

"都是被你害的,乐坛奇才。"加百列说。

"你一会儿就好了。有大麻吗?"

"我已经戒了,爸爸。"

"你妈妈让你戒的?"

"它让我得了妄想症……我老是看到奇怪的东西,椅子或者其他的东西。"

"哦,我以前也有妄想症,但不是椅子,我不想要椅子。你说椅子?你指的是教室里的椅子,还是我在家里自己做的椅子?"

"都有。最近我头脑一直很混乱,有时候我真担心自己永远摆脱不出来。如果……"

"好了。我们还有别的事情要做。"

他们出门时,加百列发现那个穿着卷拖鞋,曾经威胁过爸爸的男人正倚在门口。父子俩经过时,那男人点了点头,好像他知道他们的一切似的。

他们没骑多远便到了目的地。爸爸锁好自行车,他们走进一家汉堡包餐厅。这家店的霓虹灯招牌闪烁着"施皮茨"的字样。

门口的女孩像对待朋友一样招呼着爸爸,亲吻了他的两颊。

"这是什么地方?"加百列说,"我们来这里做什么?"

"老快,这里的老板,是我的老伙计。他以前在乐队里混日子。我们巡回演出时,他就开始为我们做饭了。他动作很慢,因为他总是没完没了地唠叨,所以我们叫他'老快'。你看他现在,赚钱都赚翻了,我们就等着挨他宰吧。"

加百列看着店里那些小青年,还有来伦敦旅游的游客,正大口吃着足球般大的汉堡包、花式冰激凌和大如冰山的圣代。

"但是,爸爸……"

爸爸说:"哟,老快。"

老快快步向他们走来。他是个长着年轻人面孔的中年人,染着黄色头发,牙齿很好,穿着美国十几岁少年的衣服。

"这就是他,我儿子。"爸爸说。

"终于见到你了。"老快说。他捧起加百列的手,用细长的、精心修剪过指甲的手指抚摸着。"他有一头金发,最纯正的金色,颧骨也很挺,他是从谁身上继承的?"

"显然不是从我这里。"爸爸说。

"还是莱斯特的朋友呢。我看得出来莱斯特为什么喜欢他。"

老快笑的时候不出声,只是张开嘴,脑袋往前,抻起他满是皱纹的长脖子。加百列猜想,或许老快因为职业的关系需要时时微笑,而这种微笑是最经济省力的方法。

"亲爱的莱斯特怎么样了?"老快问。

加百列更仔细地打量着他,发现老快的脑袋似乎是从一个更大的形状缩小到现在的样子的,就像是他的五官历经岁月而枯瘪萎缩了。

"还是和以前一样酷,"爸爸说,"我跟你说过的,我那天还和他叙了叙旧。你知道,就是他给我……一件东西的那天。"

"东西?"

"那个……挂在墙上的东西。"

"对,对,你提醒我了,我得告诉你一些事情。等我一下。"

老快突然走开,对着另一张面孔翻动起嘴皮子。"这个拉过皮的巴克斯①。"爸爸小声说。

过了一会儿他回来了,说:"走,上我的控制台看看去。"

他们爬上昏暗的楼梯,来到一张堆满了报纸杂志、邀请信、CD唱片的桌子前。在这里他们可以俯瞰整个餐厅。一个女招待拿来了奶昔和啤酒。

"现在,"老快搓着手说,"我给你看点东西。"

"我太期待了。"爸爸说。接着他转向加百列说:"我还没看过呢。我想和你一起看。"

"你一定会乐疯了,"老快说,"这张画看起来棒极了。"

"什么?"加百列说。

"安静,"爸爸拿起他的啤酒杯,"加百列,你就好好等着看吧,行吗?"他对老快说:"他很没有耐心。"

"这很好,"老快说,"如果让我说,我认为那些要你去等待的东西根本就不值得拥有。"

加百列被领着走过一面墙,上面挂满了白金唱片和乐队巡回演出时穿的夹克。其中一些夹克很可能是妈妈做的。加百列还看到了一些穿着浮丽夸张的"周六"服饰、满脸凶相的年轻人的照片,他们曾经也是其他年轻人的英雄。那里还有美国乐队和电影的海报,自动点唱机,有年头的吃角子老虎机,以及放在玻璃柜里正在交配的发条兔子。

---

① Bacchus,古罗马神话中的酒神。

莱斯特的画被装在一个大大的银质画框里,挂在一根柱子上,上面打着灯光,下面则摆着铭牌:"最新作品——莱斯特·琼斯"。它还有另一个名字,不知道为什么,它现在被叫做"舔盘子,奈杰尔"。

这是加百列的第一场展览,是他的作品第一次在公共场合亮相。但是没过一会儿,他就开始感到不安,当然这不仅仅是因为他怀疑"艺术"会引发人们内心最阴暗的一面。

"不错吧?"老快咯咯笑着,"这可是艺术品啊。"

"伟大的艺术作品。"爸爸随声附和,一面搭着老快的肩膀。

"当然了,这里的每一样东西都是艺术品,"老快继续说,"而且都是原作。当然,这幅原作比其他原作更具有原创性。它太棒了。而现在,加百列也在和我们一起看呢。"老快一边说,一边本能地寻找镜头。刚才那个在餐厅门口招待父子俩的女孩正拿着照相机对着他们。

加百列、老快以及那张画一起照了张相。爸爸也不想被落下,所以下一张照片就是爸爸、加百列以及那张画的合照。

爸爸说:"老快,你会把这些照片挂在这上面吗?"

"可能会的,如果照片拍得好的话。"

"你有太多照片了。你这里需要的是,"爸爸说,"一张你本人的传统的画像,表现出你气度不凡、英俊、掌控一切的样子。"

"这个主意真不错。每个人都可以拍照。但是我到哪儿找人画肖像呢?"老快摆了最后一个姿势,"好——大家再笑一个!"

加百列自始至终都很安静,但是他的目光一直停留在画上。

他知道,莱斯特要是发现别人没经过他允许就把他送的礼物拿出来展示,一定会觉得受到了背叛。而且还不止这些。那天晚上加百列爬进妈妈的房间,从床底下偷出这幅画,连夜临摹,但是他并没有完全按照原作来画。实际上,他对这幅画做了一些"改进",添加了一些其他的色彩、线条以及各种实验性质的装饰。莱斯特也许是说过,大部分艺术作品都是偷来的。威廉·布洛也许也这么写过:"所有的画都是赝品。"但是他们的话显然不能照着字面的意思去理解。也可能这幅画并不会价值连城,但是加百列伪造了莱斯特的签名——他觉得伪造得相当不错。如果他的内心不是那么脆弱的话,从事犯罪的职业也许是一种选择。如果伪造画的事情被揭穿,加百列就要惹大麻烦了;不仅老快、父母和莱斯特会找他麻烦,警察也会找上他。这都是亚奇的错,是亚奇引导他这么做的。如果亚奇还活着的话,加百列可能会杀了他。

老快继续说着:"伙计们,我可以告诉你们,人们来这里就是为了看这幅画。莱斯特的真正追随者到现在还留着七十年代的发型。麻烦的是,莱斯特有一阵儿有点厌食,所以他们并不像我希望的吃得那么多。还有一个好消息,一张全国性的日报可能会报道这件事情。你觉得怎么样,加百列?"

"加百列!"爸爸说,"注意听。"

"很好啊,"加百列说,"棒极了!"

老快又说下去:"也许他们会用我们刚才拍的照片呢!你学校的朋友们一定觉得你很了不起。你难道不高兴吗?"

加百列戴上墨镜。"我很高兴。"

"但是你也很酷,呃?"

"是的,"爸爸说,"他酷毙了。"

"很好,"老快说,"小男孩就应该这样子。"

"我没有那么小。"加百列说。

"对,对,当然不小,"老快说,"到你这个年纪,说你多大都会有人信。"

"是的,"加百列说,"就是这样。"

"是吧,"爸爸说,"我告诉你老快就是这么酷。"

"没错。"加百列说。

他们回到桌子前,加百列拿起爸爸的啤酒抿了几口。老快一直拍着他的肩膀,"你觉得怎样?"

"我很骄傲……为莱斯特。"加百列说。

"好,很好,"老快说,"我也为他感到骄傲。"

"说真的,难道你不高兴吗?"爸爸看不透加百列藏在墨镜后的眼神,"现在每一个人都能看到这幅画了。这就是民主,不是吗?当然,你随时可以来这里坐着欣赏它。"

加百列问老快:"莱斯特会来这里吗?"

"噢,是的,是的。他来过这里,几年前吧,"老快说,"但是,他不经常来。"加百列如释重负地叹了口气。"但是他的朋友们会来。他们为莱斯特留意着外面的世界,像导盲犬一样。"

老快,又给爸爸点了些食物和饮料,之后他发现一个电视节目主持人和一个足球运动员正要进门——虽然他不过是个甲级的中场球员而已——便飞快地迎了上去。加百列试着平缓呼吸,面对所发生的一切。

"你真安静,"爸爸边说边狼吞虎咽,"这是免费的。"他的腮帮子鼓鼓的。

"是吗？我想也是。"

"感谢上帝。你的眼睛也在抽动，你知道为什么吗？"

"这幅画，你卖了个好价钱吗？"

"什么？"

"到底有没有，爸爸？"

加百列看到爸爸满脸尴尬。他并不想故意让爸爸难堪。事实上，加百列想，不管怎样，他们已经得到他们想要的东西了。加百列的妈妈有一幅"莱斯特"的画；老快有一幅"莱斯特"的画；那幅真品在加百列自己的房间里；爸爸则有了一点钱。

"比我预期的少，"爸爸说，"老快很精明。但是有钱总比没钱好，"爸爸倚着桌子探过身来，"有时生活比一张纸上的那几条歪线更重要。"

"你拿这些钱做什么？在大楼里租个公寓？"

"公寓？厕所还差不多。或者租一扇窗户——而且还不包括窗帘！"爸爸毫无幽默感地哈哈大笑。

"这笔钱能维持多久？"

"我为你存了一些，剩下的差不多花光了。"

"花在什么地方？"

"食物，酒，房租，欠债，这些已经够多了。在外面生活很贵。在家的时候你妈妈管钱，我对物价没有一点概念。"

"现在你打算怎么办？"

"我已经从楼下那个男人那里借了更多的钱。我别无选择，我还能怎么办呢？"

"你怎么还呢？"

"说真的,我不知道,"爸爸说,"我和房东闹僵了,他让我搬出去。我就要露宿街头了。你就等着在地铁里听我唱《伦敦的街道》吧。宝贝,我想我已经走投无路了。"

"你不能住到朋友家吗?"

"住多久?朋友的老婆可不欢迎我。"

"为什么?"

"她们说我会带坏她们的老公。我!我和这些人认识好多年了,但是他们不会把我收留在家里!我告诉你,孩子,过了一个阶段之后,男人想要的就是一点点安宁。内心处于平静状态才叫快乐,不幸的是,我离那种状态已经很远很远了。不管怎么说,我不该让你为我烦恼。她现在和其他人交往吗?"

"我想没有。"

"那就是有了。"

"我没这么说。"

"你说了。是上次我打电话时在家里的那个家伙吗?她多久见他一次呢?他是不是睡在我那半边床上,脑袋搁在我的枕头上?"爸爸叹了口气,"很抱歉问你这些事情。那你怎么知道的呢?"

"我当然知道。我就在床下。"

"你说什么?"

"开个玩笑,爸爸。"

爸爸的身子前倾,面容扭曲,双手紧握在膝盖之间。

"你把我搞疯了,加百列。老天啊!他会搬进我的家吗?他会把你也带走吗?天哪,加百列,我真不想知道,我已经被击垮了。

我身边最亲近的人都让我失望,我已经失去一切了。再见了。"

"别这样,爸爸。"

"我希望他能好好照顾她。他多大年纪?比我年轻,很活跃,我想是这样吧。她会是一个漂亮的情人,你妈妈。她会挠我的耳朵,我的脸,还有其他部位,我的头发会全部竖起来。她以前爱我的时候会这样做,但是后来她不这样做了。一切都结束了。她开始穿灰不溜秋的大短裤。爱情就是这样,它是一堆你必须时时添加燃料的火,要不然它就会熄灭了。这团火,我想,恐怕已经熄灭了。"

加百列一言不发。

爸爸说:"真是一团糟。"

他的父亲扭过脸去。加百列递给他一张纸巾,爸爸擤了擤鼻子。

"噢,爸爸。"加百列说。

"如果你要继续怪我骗你……"

"可我没有啊!"

"你有。我们随时可以把画拿回来。"

"什么?怎么拿回来?"加百列说。

"老快说如果我改变了主意,可以从他那里再把画买回来。"

"但是我们不会有钱了。"

"而且我们要多付一点钱才能买回来。老快对很多事情很精通,尤其是赚钱。我在一个朋友的车库里还有几样乐器,我可以卖了它们,还有自行车。"

"你需要那些东西。"

"但是加百列,我们为什么要买回那幅画呢?就算是我的客厅里挂着《蒙娜丽莎》,我也不会一直看着它。问题是,我不知道我还能忍受多久?"

"忍受什么?"

"这些打击,加百列。我绝望了。我需要拥有一切,但是我从来没有像现在这么贫穷过。你能相信吗?你就是我现在的一切。我一直喜欢和你在一起。为什么我的人生一无所获呢?我总是和你一起消磨时间,而不是工作、奔忙。如果有人问我谁是我最好的朋友,我会说是你。上帝啊!"

"爸爸,爸爸,别哭了。"

"我们离开这里吧,我不想让老快看到我在哭鼻子。"

"好的。"

他们吃完准备离开时,老快来到他们桌前。

"我忘了告诉你,"老快说,"有个小孩——是我的一个朋友,电影制片杰克·安伯勒的儿子,就是那个制作了《永恒的星期六》和其他大片的家伙。"

"知道,知道,"爸爸擦了擦眼睛,"《永恒的星期六》是一部好片子。他对电影中间部分的剪辑,还有使用音乐的手法……"

"杰克很喜欢我们这里的松饼。你吃过了吗?但是我不能让他吃冰激凌——他简直吃上瘾了。他的孩子在一个乐队,他们甚至有可能拿到唱片合约。但是他演奏得不怎么样,他在某个阶段卡住了。你明白我的意思,雷克斯。杰克和我常谈论莱斯特,也提到你。杰克看过你好多次演出。我告诉他:'雷克斯常来我这里谈生意,当年是雷克斯帮我起的家。'"

"你这样告诉他的?"

"是啊。很多年以前你对我说:'你将是我们之间最成功的一个。'"

"没错。老兄,你的确是好样的。你是最伟大的一个……我们时代伟大的千万富翁。"

"雷克斯,你人真好。"

"为什么呢,你说,几乎我认识的每一个人都比我有钱?"

"也许是你不工作的缘故,雷克斯。"加百列使劲憋着不笑出来。老快继续说:"听着,不用我告诉他,杰克就知道,你是最好的一个。我说你不会介意到他家教那个孩子弹摇滚乐和弦——"

"我不知道该怎么教他和弦,"爸爸说,"人们已经不再用乐器了,全都是用电脑做的音乐。另外,我现在太忙了。"

"喔,你在忙什么?"老快说。他看了看加百列,然后皱起鼻子。"我喜欢打听闲事胜过喜欢食物。"

爸爸说:"有一部歌剧是关于……"

加百列在爸爸的胳膊上拧了一下。"爸爸,听老快讲。这是一个好机会。请继续讲,老快先生。"

"杰克会付大价钱,钱这方面没有问题。他付得越多,就越感激你。难道不是这回事吗?"老快抿紧了嘴,"你能有钱换辆新自行车了。"

"自行车?"

"我看到过你骑车。"

爸爸站了起来。"杰克放他的屁去吧。我们还没有潦倒到要为生计去工作。"

"我们就是,"加百列说,"难道不是吗?"

爸爸踉跄着走向门口。

"哎呀,哎呀,"老快说,"是谁惹着他了?"

"他和妈妈分居了。"

老快点点头。"我明白了。"

加百列说:"老快先生,你能告诉我那个想上音乐课的男孩的电话吗?"

"我会给你的,"老快挨近他,"但是,你要答应我一件事情。我想让你来看我。"

"我?为什么?"

"我喜欢直爽的男孩。加百列,我们可以聊聊天。我知道那是怎么一回事。"

"你知道什么是怎么一回事?"

"年轻人难免的骚动。"

"我知道了。谢谢。"老快拿出了笔。加百列说:"我会来的。"

"你真的要来,你知道我在哪里。我保证这是值得的。给。"老快在一张纸上写下了名字和号码。

"再次谢谢你。"

"我的荣幸,"老快说,"你很有礼貌。再见。"

老快朝他露出微笑。加百列怀疑如果他知道了那幅"莱斯特"的画的真相,是否还会这样微笑。幸亏加百列不用再来见他了。

第九章

那个借钱给爸爸、穿着卷拖鞋的男人正坐在门厅入口,手里啪啦啪啦玩着一串珠子,几个男人围在他身边。他对父子俩点点头。

爸爸在回家的路上买了几罐啤酒。在他上楼一本正经地灌啤酒之前,加百列把他拉到走廊的电话机面前,让他给那个电影制片人打电话。

"现在?"爸爸反复问,"为什么是现在呢?"

"为什么不是现在?"

"他是个大人物。他可能正和电影明星们在洛杉矶,或是任何离我们十万八千里的地方。"

加百列从他的口袋里抽出那张纸,拨通电话,把话筒递给爸爸。

"大影像电影公司。喂,喂——"电话那头在说。

"告诉他们你是谁?"加百列催促着。

"雷克斯·邦奇，"爸爸小声说，"豁上了。"

"谁？"那个声音问，"请问有何贵干？"

"吉他。还有和弦。"

"什么？"

让爸爸既惊讶又失望的是，电话最终还是被转到了杰克那里。杰克在电话里说："我很高兴你打电话来，雷克斯——"

加百列把耳朵凑近听筒，听到了杰克很热切的声音。他正说着很多年前看爸爸和莱斯特在台上演出的事。

"那是我演奏的，"爸爸插话说，"是我们一起做的，莱斯特和我！"

"了不起。我现在还在车里放那些唱片呢。你能不能今天下午到我这儿来，帮帮我儿子？"

"我很愿意，"爸爸说，"但是问题是——"他开始解释他正在忙着做一部有关重生的歌剧。

"噢，"杰克说，"还是谢谢你打电话来。你真的确定——"

加百列抓住了爸爸的手腕用力扭着，直到爸爸同意今天下午去上第一堂课。

加百列很高兴。这意味着他可以陪着爸爸，以免爸爸把事情搞糟。

"为什么你要这样烦我呢？"爸爸挣扎着要上楼。加百列这才意识到爸爸在老快那里喝得那么醉。"趁我还有张床，我要休息。"

"休息？你还什么都没做呢！"

"和老快见面已经让我很累了。"

爸爸也许真的很累,可他还有力气把床边一个橘色的盒子踢到房间的另一头,盒子上放着一卷手纸、玻璃杯和笔记本。

"混蛋!我哪里都不去!"他往床上一躺,闭起眼睛。几个啤酒罐就放在地上他可以随手够到的地方,其中一罐已经打开了。"晚安。我很抱歉,孩子。帮我关上灯。原谅我,亲我一下吧。"

"我不会亲你这样的混蛋。"

"现在你爸爸成了一个混蛋了?"

"你就是。"加百列说。

他的父亲说:"我真希望我还有力气揍你!现在给我滚,别甩门——门上的铰链可能会掉下来,那样我就要赔钱了!"爸爸说完笑了起来,并且唱道:"瓦尔哈拉①,我来了。"

爸爸很快就打起鼾来。加百列知道他肯定会这么睡下去,耽误了上课。

加百列撇下他,下了楼。他每走一步都感到很难受。亚奇也很焦灼不安,他没说话,但他也不开心。加百列想去妈妈的酒吧,请她试着把爸爸从床上拉起来。但是她不会这样做的,她已经放弃他了。现在每一个人都放弃他了。

加百列在车站等车。他打算数到一百,如果车还没来,他就回爸爸那里。于是他开始数数。数乱了,他就从头开始,接着又决定倒数一遍。车来了。他上了车,爬到顶层。不行,他不能就这样回家,也不能去想别的事。

汽车加速时,加百列跳下楼梯,把自己摔出车外。一只膝盖擦

---

① Valhalla,北欧神话中主神兼死亡之神 Odin 接待战亡将士英灵之地。——译注

伤了,两只手也擦破了。他忘不了几个月前爸爸把他从"鼓屋"里救出来的事情。他要帮助爸爸。

他回到爸爸的住处,跪在床边,对着他的脸说话。睡梦中的爸爸看起来很放松,也许是几个月以来第一次这么放松吧。加百列几乎不忍心打扰他。

"醒醒!"他说,"你可以以后再睡。"

爸爸摸了摸加百列的脸。"已经很晚了。我梦见我在机场,但是他们不让我登机,我就哭了起来。加百列,如果我睡着的话,至少不会这么痛苦。"

"你知道妈妈说什么吗?"

"谁在乎啊?她怎么想的?"

"她说你没用、挥霍、浪费、懒惰、慢慢吞吞。我整天看着你傻坐着喝酒,我将来能有什么前途?"

"她这样说的?"

"她说如果你的绝望、自怨自艾的情绪搞糟我的心情的话,她就不让我见你啦。"

"她就会这么说。人人都这么说。"

"我不这么说。如果我没有一个合格的爸爸,谁来照顾我呢?我需要你,爸爸。我需要你为我去做这件事。"

"什么事?"

"按照约定去杰克家。"

"加百列,我没有心情。你知道我的感受。"

"如果你到杰克家,你会高兴起来的。我们需要钱。爸爸——"

"为什么你不高兴?"

"你太蠢了,惹我不高兴。给我酒!"

"嘿,快给我把酒瓶子放下。这酒劲儿很大,你会吐的!放松,小家伙,我不想看到你这样。"

加百列说:"如果你不起床,我就不走了!"

"好吧,好吧,"爸爸说,"我知道了,请把啤酒放下,好吗?"

"那么,快起床!"

"等等……"

加百列看着爸爸缓慢地动了动身体,好像他第一次发现自己还有个身体似的。等他站起来之后,加百列小小地欢呼了一下。

爸爸开始把衣服抛得到处都是。

"小子,帮我找找刮胡刀。我不是想割断喉咙,虽然这几天我一直在琢磨这件事。我要刮刮胡子。只是为了你,我才会这样做,我不会听从其他任何人的指使。"

加百列到走廊上借来一个熨斗。他们一起熨爸爸的白衬衫,不时举高衣服,或者翻转袖口和衬衫的下摆,好像两个探险家发现了一件珍奇之物。

"最好再刷刷牙。"加百列说。

"我有口臭吗?"

"你喝过酒了。你闻起来有鱼臭味。"

"这才是摇滚乐嘛。"

"我想,今天不是摇滚的时候。"

爸爸问:"你感觉怎么样?"

"好点儿了。"

加百列把时间计划得很好,爸爸在出门之前有足够的时间来准备。以前爸爸也是这样,让加百列有充裕的时间去准备上学。这次,因为爸爸得拿着他的吉他,路又不远,他们便决定走路去杰克家。

一路上爸爸像个忧郁的少年一样牢骚不断。"为什么会有人想上吉他课?演奏就是演奏嘛。我听着唱片就学会了。"

"别讲大话,"加百列说,"先想着那五英镑钞票。"

"钱不是一切。我只不过是最近有点儿心情低落罢了。"

"你是不是还想说最近又肚子痛了?"

"人们只会学他们想学的东西,就好比你不能逼着他吃他们不愿吃的。"

加百列马上回了一句:"也许你可以给他们介绍一些他们没吃过的东西。"

这句话鼓舞了爸爸。但是加百列看得出来,这份差事还是伤了爸爸的自尊心。他希望自己做音乐人。教书意味着创新力和流行魅力的终结。不过,爸爸必须要相信,自己除了能演奏和表演,也可以教授音乐。

他们两个站在有着大铁门的豪宅外面,有如中世纪城堡外的仆人。加百列一只手拿着吉他,另一只手拉着爸爸的手,以免爸爸开溜。

"天哪,"爸爸说,"吉米·佩奇①才不会做这样的事呢。"

"你不是他——"加百列堵住了爸爸的话。

---

① Jimi Page,摇滚史上最伟大的吉他手之一。——译注

爸爸没有听见，他正在欣赏这所豪宅。"瞧瞧他们有多奢侈——我猜他们的睡衣都要拿去干洗呢。"

随着隐形的对讲机传来机器人"请进，客人们"的欢迎声，大门自动开了。

在门厅里，他们从一排身穿白制服的东方仆人面前走过。加百列从他们闪亮的扣子里，看见爸爸那张扭曲了的忧苦的脸。一个穿黑色制服的人一声令下，仆人们立即双手交叉放在胸前，仿佛他们赤身裸体，害怕暴露他们的隐秘部位。

加百列抬头凝望着一段宽阔的弧形楼梯，想象着歌剧里的女主角身穿雪白的曳地长裙，唱着歌走下楼梯的情景。父子俩如同置身忙碌的歌剧院后台。仆人们以及大制片的助理们在几个大房间之间匆匆穿梭。房间里摆放着镀了金、点缀着天鹅绒的家具，天花板上吊着富丽堂皇的吊灯。里面想必正在举行化装舞会，因为佣人们正给几个打扮成公主的小姑娘和穿着海盗装的男孩儿引路。

那个要学吉他的男孩，卡罗，大约比加百列大两岁。他被带到他们面前，或者说是被人硬拖着来到他们面前。加百列读过一点哥特小说，他猜想拖卡罗的人很可能是女管家。她松开男孩——如果卡罗是一个物件的话，她会用力把他扔在地上，如果可以的话，她无疑还会踩上几脚——然后如释重负地匆匆消失了。

卡罗骨瘦如柴，剃着平头，有着罪犯脸上特有的轻蔑表情。他穿着切尔西队的队服，宽松的破牛仔裤，光着一双脏脚。

"你好，"爸爸说，"这是我的儿子，加百列。他在查普曼高中读书。你知道那学校吗？"

"不知。"

"你读哪所学校？"

"如果我能逃掉的话,哪所也不想读。"

"什么才是你想要的呢？随便什么。"

沉默了一会儿,最后这个男孩说:"刺青。"

"不错,刺在哪里？"

"刺在睾丸上,还有屁股周围。"

"我知道了,"爸爸说,"很有趣。很少有人敢在那里刺青的。"

"你怎知道？"

"说实在的,我不知道。我不刺青,但我会玩一点吉他。"

卡罗无疑受过良好教育,但他却不想好好发音,而是故意把话说得含混不清,让人听不明白。他正视别人的眼睛时也显得很不自在。

三个人都有些局促不安,卡罗嘟囔着说:"这边走吧。"他又对加百列说:"你也来吗？"

"你想吗？"加百列小声说。

"随便你。"

卡罗开始上楼。

"这就是公立学校教育出来的学生,"爸爸对加百列低声说,"那种给他们的天才父母准备的学校。至少工人阶级还懂得礼貌。还是个切尔西的球迷。我要开溜了。"

"等等,"加百列用两只手抓住了爸爸,"来吧,至少我们先看看再说。"

加百列和爸爸跟着卡罗来到一个宽敞的起居室,窗外可以俯瞰泰晤士河的景色。卡罗背靠着书橱,屁股一翘,书橱瞬间开启,里面是他的地盘。

在书橱后面,卡罗有两三间自己的房间,包括一个厨房和浴室。卡罗把房间搞得一片狼藉。在一大堆衣服、杂志、CD之间,加百列发现几台电脑,一套鼓,几把吉他。远处还有一架闪亮的三角钢琴,还有一个放了十几副太阳眼镜的篮子。

卡罗坐在一扇窗户上,扭过头去,伸长了脖子,仿佛急于观察贝特尔希的地形似的。

"你想弹点……吉他吗?"爸爸说,"还是你想做点别的?我才不——"加百列狠狠瞪了爸爸一眼。"我真的无所谓。反正是你的时间。"他连外套都没脱,坐在那儿,气呼呼地看着这个男孩。

卡罗耸耸肩。

加百列开始担心起来,他不知道爸爸的耐心会持续多久。如果爸爸就这样走出这间屋子,一切就完了,他的教学生涯就在二十分钟之内终结。加百列真的不知道爸爸还能做些什么工作。爸爸确实会演奏,他还会一边挠后背一边掏耳朵,但这并不意味着他能在教别人的时候一心两用。

最后卡罗终于决定开口了:"你知道你是什么吗?"

"我是什么?"爸爸说,"这些年来我也一直想知道答案。"

"你是个……你是个……"

爸爸说:"我在等着呢,但是你没种说出来,你这个小大人。你要是敢说出来,也许会惹毛我,不过至少表明你有种。"

"下三烂的无赖。"卡罗壮着胆子说道。

加百列屏住了呼吸。爸爸朝他眨眨眼。

爸爸拉开琴套的拉链,拿出吉他,随意弹了点好听的民谣调子。

"你觉得怎么样?"爸爸说。

"下三烂,人渣。"那个男孩重复了一次。

"嘿!"加百列说。

"怎么样?"那个男孩说,"你有意见吗?"

"爸爸——"加百列说。

"爸爸……"男孩故意模仿加百列的声音,"那是你亲爱的老爸呀?"

加百列死盯着桌上的可乐罐,交叉的手指关节嘎嘎作响。卡罗轻蔑地笑着。加百列站起身来,呼吸越来越粗重。卡罗也站了起来。两个男生彼此走向对方,面对面站着。

"怎么着?"卡罗说。

"怎么着?"加百列说。

爸爸说:"坐下,加百列。你也一样,卡罗。坐下!现在大家冷静一点。冷静!老天,我现在快热死了。好。"

两个男生回到各自的位置,爸爸放下吉他,眼神迷离地看着周围,若有所思。事情这样下去对他可不妙。毕竟他这位"魔指"吉他手曾经和莱斯特·琼斯在麦迪逊花园广场同台表演过。他们连演了三个晚上,把那个地方搞得天崩地裂。除了滚石乐队,还没有谁能做到这些。

爸爸脱下外套,把可乐罐投进房间另一头的垃圾桶里,然后拿起卡罗的一把电吉他。

"卡罗,告诉我,"他说,"你管它叫什么?"

"有人叫它吉他。"

爸爸插上插头,拨了拨琴弦。一阵细弱的噪音传来。

"什么鬼东西啊——哭泣的耗子吗?"爸爸说。

那男孩耸耸肩。"老家伙,随便你怎么说,我才不在乎呢。"

爸爸站起身来。

加百列的爸爸到目前为止还像是个令人尊敬的中年父亲。这时他后退了几步,对着一台昂贵的喇叭狠狠踢了一脚,喇叭的前半部分立刻瘪了下去。现在他们肯定会被扫地出门了。

这一脚让爸爸回忆起自己的摇滚时代,他不禁满意地笑了。接着他把音量开到让人发疯的程度,用力拨着吉他。一阵噪音和刺耳的回音像几支燃烧的利箭,瞬间刺穿了他们三个人。卡罗也站起身来,对这突然的变故大惊失色。

"为什么要小声哼哼呢?"爸爸说,"这是魔鬼的音乐。或者说,演奏得好的话,它就是魔鬼的音乐。"

这是一段蓝调旋律,加百列最喜欢的曲子之一,《卑鄙的旧世界》。爸爸边弹边唱,把靴子踩得震天响。但是卡罗和加百列听不到一个字,只能看到爸爸大张的嘴。他的样子好像培根画中那个尖叫的教皇。

这时候两个仆人跑了进来。他们像躲子弹一样弯着腰,双手捂着耳朵,用力关上窗户,并且为了保险,还拉上了窗帘。之后,他们急匆匆跑过震动不停的地板,小声埋怨着。

卡罗捉过一把吉他,调高音量,把脚踩在另一个喇叭上,用力扭起来——至少他已经学到:一场演出要生动,暴烈狂野的姿态是必不可少的。他开始演奏,追随着老师到远方。

卡罗设法弹出一段比较像样的蓝调旋律,当爸爸停止演奏时,他就接着弹。

当爸爸演奏时,他让卡罗和他一起弹,而不对他提任何要求。男孩开始明白自己有这个能力。在一旁的加百列便一边看着沉浸在音乐里的师生,一边自得其乐,咬咬手指甲,嚼嚼腮帮子。加百列还是很担心莱斯特的画。他从来没有为一件事情这样焦虑过。不过,或许他现在还不需要采取什么行动。莱斯特在很长一段时间里可能不会关心画的下落,就算他发现了,也不一定会看出那幅画是伪作。也许,将来他会给莱斯特写信。爸爸有他的地址。

当加百列和爸爸站起来准备离开时,他吃惊地发现卡罗的爸爸就站在门口。这位电影制片人个头矮小,乐呵呵的,脑袋有点秃,穿着上好的西装,但是没有系领带,衬衫纽扣系到最上面的那颗。他的喉结随着说话上下滑动着,脑袋好像被卡住了,像一个快要爆开的疮。

爸爸曾告诉加百列杰克超级忙碌,只能邀请那些想见他的人在他去机场的车里谈事情,甚至在大楼里用餐或是上厕所途中也安排和别人见面。

"太谢谢你了。"杰克边道谢边陪着加百列和爸爸走下楼梯,并从一大沓钞票里抽出几张,塞到爸爸手里。"这是你应得的。我太喜欢你的课了,我听了都想穿上皮裤扭几下呢。"

爸爸转过身来看着杰克,紧张地想从他的脸上找出屈尊俯就的神情。但是,这个制片人正充满感激地看着他。

杰克悄悄地说:"卡罗没有说冒犯你的话吧?"

"比如?"

"噢……你知道的……比如说你是个自虐狂之类的。"

"没有,"爸爸说,"他没有说这样的话。"

"这我就放心了。我真不知道该怎么和他沟通。他是我的独生子,雷克斯。糟糕的是,这孩子有时候行为怪异。"

"是吗?"

"他睡觉的时候会觉得有苍蝇在他身上爬。他还觉得警察在监视他。我们带他去看过最近很红的心理医生,那人还写过一本书呢,就是那个狄迪·伍斯古德。你见过她吗?卡罗好像很依赖她,但是也没多大改善。除了音乐,他对什么都不感兴趣。他整天不是在演奏就是在听音乐。音乐能让人们感觉好受些,不是吗?"

"对我是有这个效果的。"

"那么,请您试试看,好吗?"

"试什么?"

"教他东西——你知道的任何一切——通过音乐。"

"我很乐意帮忙,杰克,我很荣幸。但是我以前没有做过,我也许无法胜任。"

"我不在乎这个。这孩子一直崇拜莱斯特。他知道你要来,兴奋坏了,但他就是不表现出来。他会愿意见你的,我知道。拜托你试试吧,就试一段时间,如果没有效果,至少也没有什么损失。"

"很奇怪,"爸爸说,"我能了解那个孩子的感受。有好些年我也不愿开口说话,我不喜欢人们站得离我太近,音乐是唯一能进入我脑海的东西。让我考虑一下。"

爸爸走开去,似乎是在思考,不过看上去更像是在胡乱地拨弄他的头发。最后爸爸同意隔天上一次课。

"我不知道我能做些什么,"爸爸说,"但是我不介意告诉他我知道的一些东西。"

"我太高兴了!"杰克握住爸爸的手,"你一定要过来吃晚饭,我会邀请一些你可能会喜欢的人。需要我的司机送你们一程吗?他就听从你们差遣了。"

"不用了,谢谢,"雷克斯抢在加百列开口之前说,"我们喜欢街道,我们习惯走路了。"

加百列和爸爸正要在路口拐弯时,卡罗跑到他身后,把他父亲的电影录像带塞到加百列怀里,小声说:"你爸爸这人不错。"

"谢谢你这么说。"加百列说。

爸爸点起一支大麻烟,父子俩走在空气清冽的街道上。

"我很奇怪你居然没有把那小子揍飞,"加百列说,"我差点就要揍他了。"

"我看出来了。你可以毫不费力地把那个皮包骨头的小混蛋胖揍一顿,但是这不会给他父亲留下好印象,如果你用瓶子砸他脑袋的话。"

"没错。"

"我一点也不把他放在心上,"爸爸说,"我很高兴我们来了,不过我可累坏了。我实在不想上第二次课了,就算他们付钱我也不干了。我会打电话告诉他们我要移民到非洲了。"

"不行,我们不能这样白跑一趟。"

爸爸说:"你知道为什么某些人会成为老师吗?"

"我认为他们喜欢被别人倾听的感觉。"

"这是个好理由,如果你有东西想要表达的话,"爸爸数了三遍钱,吹起了口哨,"想想也是,这几年我在酒吧里白白说了这么多道理给别人听!"他语速很快,"你知道吗,那小子开始骂我的时候,我想起我的妈妈是个小学教师。我几乎忘记这件事情了。她对这份工作很投入。她很少在家,就算是在家也是在为第二天备课。我们会在很多地方遇到她教过的学生,她会很亲热地和他们挥手、打招呼。每次我去学校,总有孩子抱着她。我讨厌这样。"

"为什么?"

"我想成为她的唯一。但是她确实很了不起——她让孩子们感到她和他们是一个阵营的。"

"她是怎么做到的?"

"真心地站到他们那边。她厌恶权威,"爸爸呜咽了,"我好久没有想起她了。你相信吗——我现在说的是四十多年前的事。也许四十年后,在我死后很多年,你会记起这个时刻。我经常会想象你会怎么怀念我。也许你会把我放到一部电影或是其他什么里去。你想让谁来扮演我呢?罗伯特·德尼罗怎么样?"

"难道等我老了,你就不在我身边了吗?我想你永远陪着我。"

"是啊,我知道。我会努力活得久一点,儿子。但我希望我会死在你前面。你会有一个儿子,你可以告诉他我们曾经的冒险故事,我过去的蠢事……还有我如何卖掉你的画……我如何……"

"嗯。"

"随它去吧,我们去吃点什么吧。事情开始好转了,我们去庆祝一下,呃?"

他带加百列去了一家很好的意大利餐馆,往肚子里塞满了意大利面和冰激凌。

这真是忙碌的一天,但出乎加百列的意料,爸爸并不是很累。教书给了他新的活力。甚至加百列自己也暂时忘记了那幅画。那幅画正挂在"施皮茨餐厅"里,莱斯特也不会去那里。

快到家的时候,加百列说:"妈妈会很高兴的。"

"高兴什么?"

"你得到了这份工作。"

"你会告诉她吗?"

"最好是你来说,"加百列说,"她一直说她有一些重要的事情想对我说,但是她就是不说。"

"你知道是什么事情吗?"

加百列耸耸肩。"我想是关于未来的打算。爸爸,你为什么不回来看看呢?"

"我也想过。但是我没法走进那所房子了……太伤心了。即使在附近的地方走走,也让我很伤心。"

"去妈妈上班的酒吧找她。"

"你认为她会愿意和我谈?她正忙着恋爱呢。"

"那没关系。那个家伙是我见过的最大的白痴。她只是想让你嫉妒。"

"是吗?我会想想的。我并不是那种离了别人就活不了的人,但我需要她。可是她对我太苛刻了。"

"她是为你好。"

"谢谢你,加百列,但我并不觉得自己已经有长进了。"

加百列亲了亲爸爸。

"回见,爸爸。"

"回见。"

第十章

又过了几个星期。一个星期天的早上,加百列很晚才起床。他发现汉娜裸露着粗壮的胳膊,戴着胶皮手套,头上包着破抹布,穿着爸爸的一双旧鞋子,还松着鞋带。加百列怀疑她是不是在处理一堆核废料,不过他发现她只是打算清扫一下客厅。妈妈常带朋友回家,房间里弥漫着厚重黏滞的酸气,烟灰缸满满的,椅子四处乱放,桌子上都是啤酒瓶、红酒瓶、薯片包装袋和吃了一半的三明治。

他担心汉娜会递给他一个拖把或是一块抹布,拉他去干活,就赶紧溜进了厨房。令他吃惊的是妈妈正一边听收音机里的华尔兹,一边给他煎早餐。

"嘿,宝贝。天气多好啊,去基尤皇家花园怎么样?"

这提议让他吓了一跳。虽然他现在很喜欢汉娜,但是他可不想一整天和她待在花园的温室里。

他说:"我想和朋友去游泳。"

妈妈说:"我们一起出去多好啊。"

加百列和他父母以前经常在星期天去基尤花园,在那里拍了不少照片。他们上一次去至少是两年前的事了。

他说:"就我们两个去?"

"是的。"

"乔治不去?"

"我想和你谈谈。"

他说:"汉娜也不去吗?"

妈妈把手指放在嘴唇上,示意他小点声:"我不会这样对你的。另外,她也正打算干点活。"

吃早饭时,他充满疑惑地看着妈妈。她真的会和他一起出门吗?

最终,他们和汉娜道别,出了门。当妈妈拉着他的手说要坐地铁去基尤花园时,加百列更吃惊了。他不记得她多久没坐地铁了。她有许多合理的理由不去坐地铁:首先,它在地下,感觉像被活埋了一样;其次,污染严重——杀人瓦斯和毒气可能让你中毒;第三,只有杀人犯和疯子才会乘坐绿线。

在和妈妈并肩去车站的路上,加百列一直很担心。他能感觉到妈妈是多么害怕。他们一上车,妈妈就过分有兴趣地看起《周日时报》来,一边看报一边紧张地东张西望。不过她还是控制住了内心的恐惧。她以前认为地铁就是沸腾的地狱,而这会儿车厢却是空荡荡的,在星期天的早晨呼啸着驶过宽阔美丽但肮脏的泰晤士河。

下车之后,她如释重负地叹了口气。

"我很勇敢吧?"她说。

"干得好,妈妈。"

"下次就是坐飞机了。我已经不是应该害怕的年纪了,"她从头到脚打量着他,"把风帽拉下来。"

"妈妈——"

"拉下来!外面的人会把你当成毒贩的!"

他们来到凉爽干净的皇家花园,犹如置身幽静的乡间。这是个适合做梦的地方。

妈妈絮叨着英国人如何热爱花园和自己的居家环境,还说她曾经认为这是非常无聊的事情。但是当她游览了基尤花园这样的中产阶级地界之后,她的思绪开始清晰起来,她明白了自己要的不只是屋后那块野草丛生、堆着烂书柜和烧焦的炖锅的水泥地。等到她开始赚更多的钱,他们就搬家。

"我们将会有一个像样的花园,"她说,"它不会很大——刚好够我们两个人坐下就行。"

她又补充说,他们会一直住在那儿,直到加百列上了大学。

她说:"我二十多岁的时候,住在国王路,结识了一些很时髦的人。我是个性格怪异的女孩,孤独而且……"她搜索着合适的词,"极端。我没有充分发挥自己的能力。那些日子我靠设想自己60岁的样子来让自己平静下来。到那时候我可能会变得很活泼,衣着讲究,也许膝盖有点不好使,脚趾有点弯曲,我的眼神会很明亮,读法国小说,听着《七宗罪》。你会带鲜花和书本给我。你会来的吧,就算你有更重要的事情要做?也许你会带着你自己的孩子来看我。"

"我为什么不来呢?"他说。

"小孩子终有一天会不再爱他们的父母。这是场可怕的分离。我的父母和我无话可说,或许你已经注意到了。我15岁就离开家了,但我却想让你来看我,我这是怎么了?"

"听起来很有趣,"他说,"等到60岁才做你想做的事情。为什么不现在做?"

"是个好问题。我也希望我知道为什么。"

她说这些的时候,加百列发现他们两个单独在一起的情景有点奇怪。以前他们一家人出门时候,爸爸总是喋喋不休,开着玩笑,唱着歌,好引起大家的注意。

母子俩都没有提起爸爸,但是加百列不免惦记他,想着爸爸是否还在他房间的床上,是否有足够的钱去外面吃早餐。也许他出去散步了?加百列一直打消不了一个念头,他觉得爸爸也许会到花园里来。他会从凉亭后面走出来,然后他们三个会手挽着手一起走。

回地铁站的路上,他们经过一个小书店。

"想进去吗?"

"是的,也许我会找到我想读的东西。"加百列充满希望地说。

"你想买什么都行。"

"什么都行?"

"选你喜欢的,我付钱。你可能有点吃惊吧,我在酒吧里挣了一些钱。你爸爸还没有给我们寄钱呢,虽然我给他去过信。还有账单和房屋贷款要付,在你身上的花销也不小。"

他在书店消磨了很长时间,但是妈妈一直耐心地等着他,自己在四处走走看看,大部分时间则待在"自我诊疗"专题区。就像萨克说的,当你听到"治疗"这个字眼时,你就能知道父母之间出现问题了。接着就会出现心灵疗法,或者更糟,还会有催眠或是其他形式的诡秘宗教。萨克那个小圈子里有好几个人会把手臂前伸,闭着眼睛走路,以此来"重整"他们的生活。

店里的美术书不多,加百列买了一本肖像画册。妈妈很赞赏他的选择。她很惊讶现在很少有艺术家对人类的脸和人类真正的样子感兴趣。这是摇滚乐无法探究的问题。

买完书,他们去附近的一家咖啡馆吃比萨。他问她能不能点彩宝圣代①,他小时候管那叫"卷卷",她同意了,也给自己点了一球冰激凌。

他注意到她在四处张望,便说:"这里卖啤酒吗?"

"这是咖啡馆,你为什么想要啤酒?"

她摸了摸脸。"你真让我为难。"

"可能是我的错。"

"不是的,加百列。"

他专心吃着,过了一会儿才发现她一直在看着他。

"你以前是个特别吵的小家伙。"

"是吗?"

"也可能只是我自己这么觉得,我其实是因为别的原因才心烦

---

① Knickerbocker glory,英国常见的一种冰激凌,以大而高的玻璃杯为容器,由冰激凌、果冻、水果和奶油组成。——译注

的,而不是因为你。你现在已经变得很懂事了。刚才你在想什么呢?"

他说:"我在想爸爸是喜欢巧克力口味还是咖啡口味的冰激凌呢。"加百列和爸妈以前在冰柜里放了一整排冰激凌,时常就他们最喜欢的口味这个主题进行激烈的辩论。"我想应该是巧克力的。爸爸这会儿可能就在吃……和我们同时吃。"

"把脸擦干净,大男孩,"她把手绢递给加百列,"你想他了?他还活着呢,亲爱的。"

"是活着,但他住在一个又当卧室又当客厅的小房间里。"

"这又不是世界末日。你爸爸活得很不快乐,他甚至都没有意识到这一点。现在他可算知道他以前把我们搞得多不开心了。"

"你算是在帮他的忙咯?"他低声说,"这可是头一回听说。"

"别嘀嘀咕咕的。当他不再痛恨一切的时候,我就知道不对劲了。他不再抱怨他看到的、吃到的或者听到的东西。他离我们越来越远——或者说是离我越来越远。很抱歉把你扔给汉娜来照顾,用我妈妈以前的话说,她的脸长得就像装榔头的口袋。可是我必须做点什么。我不能忍受事情一成不变,那会杀了我的。我知道我也有错,可至少我还没有放弃。"她站了起来,举起双臂,然后又坐下,"看看我,难道我不够精神吗?自从他走了之后,我比以前更精神。"

"爸爸现在可能在工作。"

"工作?加百列,别的不说,今天可是星期天。"

"他开始教书了。"

"你是说教书?教什么呢?"

加百列看她并没有讥讽的意思,便告诉她爸爸在教一个男孩弹吉他,接着这男孩又给他介绍了另一个男孩,那个比较听话一点,爸爸也喜欢和他相处。他已经签约了,要教他们几个星期。"当我教吉他时候,"爸爸曾经说,"很奇怪,我不会停滞在某个特定的思想状态。教学让我感觉很振奋。"

加百列看得出来,妈妈想和一些认识爸爸、了解爸爸的人谈谈他的事情。同时,她也知道自己不能把所有的感受都说出来。

"加百列,我能想象他给别人上课的情形。他脾气不好,又暴躁又不耐烦。如果学生还有不知道的东西,他会很惊讶。但是他确实懂音乐。有些时候,他喜欢……说教。我好久没和莱斯特聊天了。他是个很活跃,精力很充沛的人。也许,他也启发了你爸爸。这显然是对他有好处的。"

妈妈此刻显得出人意料地宽宏大量。

加百列说:"奶奶,爸爸的妈妈,也是个老师。"

妈妈的脸一下子亮了起来。"噢,是啊,没错。她还带你去过图书馆呢。"

"她还教我阅读是吧?"

"是啊,我也帮忙了呢。"

加百列说:"爸爸和我会一起做一些事情,可你老是为了客厅地板上那块黏补丁对他大吼大叫。"

"那块黏补丁粘在那儿好几个礼拜,我走路时老是被黏到。当时我以为我被彻底黏住,再也动不了。"

"他被你骂得失去信心了。"加百列曾经在哪儿读到过,人们在生气的时候会说:"无论怎样,我也不会原谅你。"

她大吃一惊。"是谁让你这么说的?"

"亚奇。"

"亚奇?你是在说你弟弟吗?"

"是的。"

她说:"亚奇死了。当时这件事情几乎把我逼疯了。有很长一段时间,我只能依靠药物……"

"亚奇几乎死了。"

"几乎!你在说什么?加百列——"

"他是我的一部分。他会对我说话。"

"亚奇对你说话?他说什么?"

"他会给我建议。"

"太奇怪了。他活着的时候好像并不喜欢讲话,可你现在却说他会和你对话。加百列你最好小心一点,那些心理医生会绕在你身边,用榔头敲你的膝盖,问你叫什么名字。你爸爸知道这件事吗?"

"不知道。"

"要不是我不再和你爸爸说话了,我一定要和他谈谈这件事情。"

"为什么你不和他说话呢?"

"看来我不得不和他谈谈了。我真不敢相信。上帝啊,你到底怎么了?你真是一个怪小孩。"

"我不再是小孩了。妈妈,你睁开眼睛看看我。"

妈妈迷惑地看着加百列。她夺回她的手帕,说:"噢,你不明白人们是如何把别人逼疯的。加百列,你别想让我有负罪感。父母总是感到很失败,父母总是输的那方。我没有能依靠的丈夫,我只能靠我自己,我还得拼命赚钱养活我们两个人!我是个单亲妈妈!"

"单亲妈妈!"他模仿着妈妈的语调。

"你想怎么样?工作可不像开派对那样轻松。"

"你可开了不少派对啊。"

"为什么不呢?"她摇晃了一下身体,像甩雨水一样甩掉激烈的情绪,"告诉你,我有了一份新工作……"

"真的吗?"

"一个叫老快的男人。"

"老快?"

"是啊。你听说过?"

他说:"好奇怪的名字。"

"他总是很忙。不久前我在波特贝洛路的一个派对上碰巧遇到他。我们以前是朋友。

他在摩洛哥的马拉喀什附近有栋别墅,我们曾经在那儿住过。他喜欢穿闪闪发光的衬衫。当年那些人现在很多都死了,要么就是发疯了,要么搬到威尔士去了。可是老快经营着好几家汉堡包餐厅,里面摆满了和摇滚乐以及流行乐有关的东西。他知道我和你爸的事情,他很同情我。我想他是打算雇用我。先做服务员,以后他会提拔我。我敢肯定,将来我一定会成为其中一家分店的经理。这是个很好的开始。你说呢?"

"噢,我要好好想想。"

"想什么?这又不是哲学问题。你不高兴我找到新工作吗?"

他点点头,说:"你去过这家汉堡包餐厅吗?"

"噢,我以前经常去,当然,只是去参加派对,不是为了吃东西。我宁愿吃自己的脚也不要吃那玩意儿。但是我告诉你,"她不耐烦地说,"你有没有专心听我讲啊?我在派对上遇到老快的时候,我就在想,"她说,"我们应该给老快看看莱斯特的画。"

"莱斯特的画?"

"是的。"

"为什么?"

"他可能会感兴趣。不管怎样,就算我们不卖,也该给它装个框。下个星期我来做这件事情。在我开始新工作之前,我们可能会去意大利。"

"去乔治的城堡吗?"

"是的。"

加百列说:"我不喜欢城堡。"

"噢,为什么?"

"城堡里阴风阵阵的。我想做我的电影。"

"好,你可以在那里做。噢,加百列,我们到那里看看太阳,看看大海,不好吗?好久没有像现在这么好了。"

"我只能在伦敦工作。这是我感觉最舒服的地方。"

"是吗?你真是个犟小子。那么你得和汉娜待在一起了。"

"我想我会和爸爸在一起。"

她轻蔑地哼了一声:"他才没有能力照顾你呢。"

"我有能力照顾我自己。"

"我可不敢确定你有这个能力,"她说,"不过很快你也只能自己照顾自己了。虽然最近我们待在一起的时间不多,但是我一直在考虑你的将来。"

"是吗?"加百列热切地说。

"我知道你喜欢电影啊,导演啊,演员啊这些东西——"

"是啊,是啊。我最近有很多主意。你有没有记录过你的梦境?也许有一天我们会有办法把梦境拍下来。"

"真有意思,"她略带讽刺地说,"现在,我们来谈点现实的吧。乔治对你选择职业是很有帮助的。他毕竟是一个正在从业的艺术家。嘿,别笑成那样。"

加百列嘟囔着:"他还需要练习。"

"加百列,你必须学会倾听。"

"我可以一边说一边听。"

"乔治活得也不容易。他说关键是要把你的兴趣和谋生技能结合起来。你可以做个演艺界的律师。"她看着他。

"什么?"

她接着说:"这些律师整天都和有创造力的人打交道。不仅如此——他们还能促使创造性的事情发生,而且他们永远不会失业,也不会跟不上潮流。他们不会有负面评论。我希望你考虑一下。同时,我会给你找一所大学,你可以学习法律,当然,如果你想的话,也可以做你的话剧什么的。然后,你会和乔治的一位律师朋友见面,那人富得流油,他会向你解释一切的。你为什么这副怪相?"

加百列说:"我不想在办公室里工作。"

"为什么?"

"办公室让我感觉自己会被困在那里,永远出不来了。"

"你在说什么呢?"

"你还没在办公室里工作过呢。"

妈妈站了起来。"你和你爸爸在一起的时间太多了。我想培养你的自信,我真担心你是不是有一种失败者的思维?"她付了账,两人匆匆离开。"我必须得说,"她说,"你看起来不太高兴,你这小混蛋。"

"有什么好高兴的?"他一边说,一边努力跟上妈妈急促的步伐。她总喜欢走得比他快。

"高兴我找到新工作,高兴我们能去意大利度假,还有我想要为你做的一切。你们这些孩子只想到自己。是我,我,我,一直守在你身边。人们不知道,也许是不想说,他们有多么恨他们的孩子。"

他几乎没在听她说话。她想让他成为一个律师,而他已经和法律有太多牵扯了。再过几天,妈妈就会把他仿制莱斯特的那幅画装框,然后展示给老快看。老快手里便会有同一幅画的两张复制品,由同一个家庭的两个人提供。

加百列已经被禁锢太久了,而就目前看来,一时半会儿他还不能自由。他记得一次他到附近的公寓去玩,碰到一个进过监狱的男人。"我刚服刑期满。"他不停地说。这种法外之徒的生活曾经让加百列很是羡慕,他觉得这酷极了。不过他不记得这个男人是不是说过囚犯可以整天看书了。他能带随身听吗? 他的父母会去看他吗? 伪造罪要判几年?

等他们到家时,加百列的脑袋都快想炸了。他需要时间去考虑所有的一切,又担心妈妈会心血来潮去参观美术馆,或者邀请他一起去看她最喜欢的"令人振奋"的音乐剧。

幸运的是,黄昏时妈妈说她得去上班。

"我今天要早一点出门,"她说,"我得打电话约一个人见面。行吗?"她愧疚地说,"你介意吗?"

"不介意。我也想看看我的新书,画会儿画。"

"很好。对了,"她说,"我想给你这个。"她递给他一本小册子,他看着上面的标题——《律政生涯》,不由得打了个冷战。

"谢谢,"他说,"是介绍丹尼斯·劳①的书吗?"

"别耍贫嘴。回头告诉我你的读后感。宝贝,天气多好啊。我希望我们在一起的时间多一点,如果我们去意大利,我们一定会的。"

"他也会在那里?"

"是的,乔治会在那里。"

"为什么?"

"因为他想和我在一起,这就是为什么!你别再抱怨个没完了,"接着她说,"今天下午你不会和亚奇联系吧?"

"怎么了,你有问题想问他吗?"

"加百列——"她屏住气,"我想这只是一个玩笑。我已经很厌烦这种玩笑了,什么亚奇之类的。现在,请你亲我一下。"

"亲啦。"

"谢谢。"

妈妈离开后,加百列真的坐在他的房间里画了一会儿画。他

---

① Denis Law,英国足球元老。其姓氏拼法与英语中的"法律"相同。——译注

很仔细地画了一个日本花瓶。但是不同以往,它并没有真实出现。加百列并不需要一个花瓶,他只是很享受美梦成真时的喜悦。虽然人们总是热烈真挚地许下心愿,并且希望美梦成真,但是,最后还是要靠自身的努力才能实现梦想。

幻觉不再出现,加百列感觉松了一口气。再也没有幻觉了,他想和其他人一样生活在同样的世界里。他不想再复制什么了。从今以后,他要创造自己的作品。复制只会带给他足够的麻烦。

他把画具收起来。

他到处找汉娜,想告诉她他想出去。后来他发现她在电视机前睡着了,加百列便开始在屋里找钱。他不情愿地拿出他为买摄影机而积攒的钱,还把童年时的小猪存钱罐搜刮一空,又看了看旧风衣的口袋,取出他送报赚的钱,还有圣诞节亲戚给的钱。最后他翻遍了妈妈的手提包,找到一张十镑的纸钞。

他准备好了。

他留了一张纸条说是去萨克家里,然后尽可能小声地关上了大门。

第十一章

　　加百列走了三十分钟,到了老快的餐厅。

　　施皮茨餐厅的外面早已是人山人海。冷漠的丝绒绳和红地毯围成的禁区隔开了排队等候多时的热情人群。透过大门,加百列看到餐厅里的人们正在驻足观看"莱斯特"的画。

　　虽然加百列是出于好意才来的,但等他到了施皮茨餐厅之后,他觉得最好还是回去躺在床上,把头埋在枕头底下。

　　他准备转身离开时,一辆豪华轿车缓缓停在门外。两男两女走下车来,派头十足,一副想引起大家注意的样子。加百列看着他们走近围绳,被人带领着穿过门口的人群。加百列知道他应该认识这些人,但在他想起来之前,他们已经消失了。

　　加百列和其他人一样,透过窗户艳羡地看着屋里的情景。只见老快踩着高跟靴子一路小跑来到那四个人面前,忙不迭地亲吻他们的脸颊,把他们带到一张桌子前。

老快安顿好那几个人,过了几分钟又回来了。他朝着加百列的方向扫了一眼,没过一会儿就来到外面。

"你来了,漂亮的小宝贝。我知道你会来的。"

不等加百列说话,老快拉着加百列的胳膊,解开围绳,带着他穿过了人群。加百列喜欢这样子,他想,他会很适应享受特权的感觉的。

老快紧挨着加百列在控制台前坐下。加百列注意到老快脸色并不好,苍白中有些暗黄,好像一只黯淡的月亮。不过加百列倒是对老快殷勤热情的招待很是受用。

"加百列,我能为你做些什么呢?"

"谢谢你把我爸爸介绍给杰克·安柏勒。我们去了,教了那孩子一点东西。"

"是吗?那小孩是个怪人,我告诉过你吗?我听说他还扇过治疗师的耳光。我想他唯一知道的音乐就是五指练习曲吧。哈哈哈!"

"这倒没什么,至少爸爸走出困境了。他最近被妈妈和别的事情搞得心情很低落。实际上,他已经跌到谷底了。"

"真遗憾。我知道,这种事会让一个男人很消沉。最近你身边就发生了这些事情吗?"

"我想是的。"

"哦。要不要喝点果汁,孩子?啤酒?冰激凌?还没想好?要我叫个女招待过来吗?"

老快观察着他的反应。

加百列说:"我现在想喝点果汁。"

"橘子汁!"老快对着空气喊了一声,自信一定有人会听到他的喊话。"你只是随便过来看看吗?你随时可以来的。"

"外面排队的人怎么办?"

"你不必担心这个,进来就是。你看起来真不错。我喜欢你头发这样分边。真有趣啊,你父母都是黑发,你却是一头金发。我认识你父母很久了,他们是好人。"他滔滔不绝地说下去,"觉得孤独吧,在星期天的下午,嗯?我一辈子都是这样孤零零地度过星期天下午的。电视上没什么节目,除了一些老掉牙的电影。我有时想我的人生就是为了避免星期天的下午而刻意安排的。然后接下来是星期一上学的日子。你不说我也明白——小孩子的日子挺苦的。"

"噢,是吗?"

"你知道,我曾经和一个作家朋友谈过。他如今开了个写作班,教年轻人写作。有一次他让学生写关于童年生活的故事。没想到,所有的故事,每一个故事,都在痛诉被成年人羞辱的经历。对吧?"

"哦,"加百列说,"那么这是普遍现象了?"

"的确。看那边,加百列。"

他指着一张桌子,那里坐着先前进来的四个人。

"那是查理英雄。你不认识他吗?"

"是他吗?他看起来老多了。"

"是啊。你爸爸曾经和他一起演出过呢。他旁边那位是他的同学卡里姆·阿米尔,一半印度血统的演员,他刚从医院治疗出来。他主演了那部有很多沙子的电影,具体名字我忘记了,制片还是杰克·安柏勒呢。他们在"咖咖"办了一个很酷的派对,查理还和他的老乐队演奏了《为达达杀戮》,当时卡里姆也站起来唱呢。"老快把嘴唇凑到加百列耳边,"你知道吗——这可不是谣言,人人都知道——"

"知道什么?"

"查理的妈妈和卡里姆的爸爸很多年以前曾经是情人。卡里姆告诉过我,他有一次在她贝肯翰的房子的后花园里撞见他们干那种事。"

"哇,我爱听这种老故事,人人都能搭上点关系。"

"你也会很快和他们搭上关系的,就是这么回事,包在我身上了。查理的妈妈已经去世了,卡里姆的爸爸可能也死了,我不太肯定,可以去找旧的《你好》杂志查查看。你想要他们的亲笔签名吗?要不要见见他们?我带你过去认识一下他们。"

加百列望着查理和卡里姆,他们一副轻佻和自我陶醉的样子。如果他能像他们那样有钱,他就能拍自己的电影了,他也不会坐在这里。

"过一会吧,"加百列说,"我得想点事情。"他身体向前倾了倾。亚奇正和他在一起,在给他打气。"我想看看莱斯特的画。"

"画在那边,伙计。那边,在灯光下。进去看吧,想看多久看多久。如果你想舒服一点呢,我们给你找一把扶手椅。这可是艺术家聚集的餐厅啊。"

"莱斯特·琼斯并没有把画送给我爸爸,而是给了我。他给我画是因为他喜欢我。老快,人们都不知道这一点。这和钱没关系,这是他免费送的———一件礼物。"

"你想说什么?"

"莱斯特说我很有天分。"

"是吗,哪方面?"

"绘画,拍电影。我知道怎么去做这些事情——我知道我有能力——这也是我将要做的。不过我最近有点烦心事。老快先生,我想成为最棒的。"

"等你长大之后吗?"

"是的,就在那一天。"

"哇,我相信你能做到。"

"归根结底,我爸爸就是个有天分的人,我是继承他的。"

"不对。如果你拥有天分,它一定是来源于你自己。你不要忘记这点。你可以继承一条旧领带,但是你无法继承天分。这个我懂,"老快看着他,"你以为我没有试过写剧本、做电影吗?我呆呆地坐在桌子前面——很长的时间,至少对我来说很长了——可我什么都想不出来!我至今写过的只有支票!"

"对有些人来说,想象是世界上最自然的事情。他们不必绞尽脑汁,只要想对了头,灵感就滚滚而来!"

"你有这个能力,加百列,但我没有。或者说,每当我想出一点情节,我就知道我曾经在一部更好的电影里看到过,然后就觉得没有必要写下来了。你是个幸运儿,加百列先生。"他压低了声音,"这个餐厅里的每一个傻瓜都想写剧本,每个人的抽屉里都有一个烂故事。但是,有几个人最终能付诸行动呢?他们可能会拼写,但是他们不能靠写作维生。如果你可以的话,那你就是个顶级的人物。但是我知道那些很有创造力的艺术家都是些自私、自我中心的家伙。对于成功的渴望并没有那么美好,那是一种永远不会消失,也永远得不到满足的饥渴,就是它把人们变成了明星。"

"老快先生——"加百列打断他。

加百列发现老快和大多数人不一样,他说话从不间断。不过,他似乎也不介意别人打断他。他可以趁此一边听一边观察餐厅的状况,顺带着向别人招手打招呼。

加百列接着说:"我想莱斯特要知道这幅画挂在这里,一定很恼火。我爸爸不应该把它卖给你。这幅画并不属于他。爸爸是个好人,但是他那些日子很绝望,很消沉,而且又住在一个破地方。他承认他做了件坏事,他知道他犯了个错误。"

加百列开始从口袋里往外掏纸币和硬币,放在桌子上。

"你在做什么呢?"

"拿着,老快先生。拜托,让我买回这幅画吧,这是我的画。"

"慢着。莱斯特会恼火——你是这么说的吗?谁管他,让莱斯特见鬼去吧。他已经得到了一个人所能渴求的一切。他是个大人物,连税都不用付。他为什么要为一幅画担心呢?他可以画更多的画,一幅画用不了他十分钟,哦,或许加上那些文字,二十分钟吧。"

"可我担心这幅画。"

"有什么好担心的?"

"我担心这个地方不适合挂这幅画。"

"我在哪里,哪里就适合挂任何画——这一点我可以向你保证,小宝贝儿。你还有问题吗,加百列?"

"老快先生——"

"你这么想要这幅画,一定有什么原因。"

老快紧挨着加百列坐下,抚摸着加百列的膝盖,而且慢慢上移,滑近更柔软的部分。加百列听到亚奇在尖叫,便告诉他不要这么敏感。他已经在学校里适应这一套了,这还不算最糟的呢。

加百列说:"你买下了它,你很有钱,但是,老快,我想说的是:有什么需要我为你做的吗?"

"什么?"

"有吗?"

老快把手背搭在额头上,做出一副快乐得要昏死过去的样子。

"宝贝儿,我一辈子就在等着这句话呢。让我想一下好吗?"老快瞪大眼睛,差点被呛到了,"你这个小孩确实不一般啊。哈哈哈!"

查理英雄从桌子旁经过,老快抓住了他的手。

"嘿,查理,查理——"

"怎么了,老快?"

"见见加百列,他是我最近认识的伙计。"查理往上扬了扬眉毛。"查理,不是你想的那样。我说的是伙计,不是小妞。他爸爸是雷克斯·邦奇,那个吉他手。当年你们一起在伯希乐队待过。"

"如果我有记忆的话,会记得这件事情。"查理说。他轻触了一下加百列的肩膀。"记起来了。那天晚上我们在户外演出,天气很冷,雷克斯的脚冰凉冰凉的。我们在舞台边上放了电暖器让他取暖。他的脚暖和了,就可以演奏了。他没法一直站着,但他弹得确实好。"

"是啊,这个人弹得不错。卡里姆怎么样?"老快问。

"他现在很好。莱斯特在给他的新电影写音乐。他还有了个儿子,哈龙,大家叫他哈利。卡里姆就要结婚了。"

"会开派对吗?"

"我想是的。"

"在哪儿?"

"我估计在曼托,或者在亚努斯,"查理压低了声音说,"老快——"

"嗯?"

"找个女招待来问我要签名,让她装作不认识卡里姆,好吗?让她亲我一下,这些姑娘可以亲人吧,是不是?"

"当然。"查理笑了。"没问题。"他走开之后,老快说:"是个好人。没什么天赋,但是却像埃及艳后一样虚荣,不过还算聪明,"他用手指了指,"他那些有绑带的裤子就挂在那边的橱柜里。加百列,"老快说,"我听到你说的话了,伙计,全听进去了,都说到我心坎里了。"

"你怎么想?"

"如果我有一部分是属于你的,那么你的一部分也必须属于我。可究竟是哪部分呢?"老快看起来像是在打什么危险的主意,"简单点说,我要你为我做些什么呢?"

紧接着,老快的眼睛亮了起来,而且一直炯炯放光。

"你为什么盯着我?"加百列说。

"就这么办!"老快突然说,"听着。"

他说完之后,把一张菜单立在桌子上,给加百列切了一小条可卡因,想让加百列感觉自在些。

加百列尝了尝，犹豫了片刻，接着说："不了，谢谢。我感冒了，下次吧。不过我很感谢你为我做的一切。"

几分钟后，加百列看着一个服务生卸下螺丝钉，把画取下来。这人用厚厚的牛皮纸把画包好，还用绳子系了个提手，递给了加百列。

"给你，先生。它是你的了。你能拿得动吗？"

"我想可以。"

加百列朝着查理和卡里姆挥手，但是查理正低头在一张纸上签名，而卡里姆则起身离开了桌子。

加百列出门时，老快站在一旁为他拉着门。

"再见，"他说，"我都迫不及待了。"

"再见，"加百列说，"我也一样。"

"多保重。你不会反悔吧。"

"不会。"

"好。几个星期之后我会和你联系。"

加百列说："我等着。"

"好极了。"

"好极了。"

第十二章

加百列离家差不多有两英里。

加百列习惯在城里到处走,可现在正是周日下午接近黄昏的时候,街上挤满了一门心思购物的人们。有些地方太拥挤了,他只能停下来紧靠着墙休息一会儿。一阵阵热浪从明亮的店铺敞开的门里,从人行道上的地下通风口里传来,让加百列怀疑自己身在地狱。他相信人潮可以轻而易举地把他卷进店里,绕过更衣室,然后再回到街上,而他的双脚根本不必踩到那些发亮的松木地板。

装了框的画很笨重,不好拿。画框比加百列的胳膊还要长,边缘似乎是弯曲的铁丝做的,已经刺穿了牛皮纸。他一会儿把它夹在胳膊下拖着,过一会儿再换一条胳膊。后来他把画放在头顶上,可是它往后滑去,要不是他用腿挡住,画早就掉在地上了。

他的腿红肿着,手被磨破了皮,胳膊又酸又痛。就算他真能坚持到上公车的那一刻,举着画挤进单层巴士的车门也很尴尬。即便他有钱,也不会有出租车停在他面前。人们买完了东西,轻松地踏出店门走到街上,一只手已经举起来准备叫车了。

他四面乱转,不知所措。他想他可能永远都回不了家了。这件礼物怎么变得这么沉重啊!

他筋疲力尽,恍惚中听到有人在喊他的名字。当他看到萨克在他面前朝他挥手时,他在想自己的幻觉是不是出现得太频繁了。

"加百列,你上哪儿了?"

他很高兴可以把画放下。

萨克和他的爸爸在一起,还有一个头发蓬乱、穿着系绳野战裤的年轻男人。他们的手里提着大大小小的购物袋。萨克爸爸的耳朵上戴了好几个耳钉。他放下手中的袋子,然后拉住了那个年轻男人的手。加百列记得萨克说过,他爸爸的小男朋友的年龄和萨克的姐姐一样大。如果加百列觉得自己的生活变得怪异了,他只要想想萨克一家,就会感到平衡了。

"我没上哪儿啊。"加百列最后说。

"你很久没给我电话了。"

"我没时间。"

这是事实,但是萨克听了不太高兴。

"没时间搭理我们,呃?"他说,"我正计划和比利拍电影呢。"

"为什么?那可是我的主意啊。这不关比利的事,他没有脑子。"

"没错。我爸爸搞到一个小摄影机。我还以为你放弃了呢。"

"为什么?"

萨克脸红了。"你对我们来说太大牌了,你和莱斯特·琼斯扯到一起了。"

"这和拍电影没关系,"加百列说,"你知道,他和我爸爸认识很多年了。"

"你不是真的认识莱斯特吧?"那个年轻男人说。

"我见过他。"加百列答道。

"我想他见过很多人。"他说。

"没错,"加百列说,"但没见过你。"他转向萨克,萨克正偷偷地笑。"我会带着拍摄剧本去找你。"

"我看到东西才会相信你。"

"萨克——"加百列紧紧抓着萨克的肩膀,"请相信我。我从来没有这么强烈地想做一件事情。"

"是啊,是啊,我都等得不耐烦了,伙计。"

加百列这才意识到这些日子他光顾着想那些烦心事,除此之外什么也没考虑。他现在需要的是一个清醒的头脑,但他的头脑却在四处神游呢。

"看看我们的战利品,"萨克的爸爸说,"我们一整天都在疯狂购物。不花掉一千英镑我们就不过瘾。"

加百列从来没搞明白萨克的爸爸是否还住在家里。在他的印象里,萨克的爸爸有时和一个女人住在一起,偶尔和男朋友一块儿住,有时候甚至和妻子住在一起。如果说成年人的生活总是这样令人费解,那么对加百列而言,更不可思议的是,这样一个上了年纪的、没有吸引力的男人,除了医生,居然还会有人想去碰他。但是,爸爸说他很佩服萨克的爸爸,而加百列一想到他,也觉得自己思想开放了。

"我们要回家看英超热刺队的比赛——还玩脱衣游戏,"萨克说,"我们买了球队的衬衫还有其他东西。你一起来吗?"他把嘴巴凑到加百列耳边,"伙计,我真希望你能来。这对热恋中的情人快把我逼疯了。他们一边看球赛一边脱衣服,整场球赛都在亲个不停。等踢完了,双方球员开始互换球衣的时候,他们还会互相摸屁股。我知道他们肯定更想看芭芭拉·史翠珊的演唱会。"

加百列笑了。"以后再说吧。我还有事要做。"

"你确定?"

"是的,我会来找你的。"

"好吧,"萨克说,"再见,伙计。"

这次休息很有效,加百列满怀希望地继续往前走。

走了一会儿,经过妈妈的酒吧。他不想让她看见他,至少不想让她发现他拿着这幅画,但是他想看她一眼——哪怕只是匆匆瞥一眼他也会觉得安心——于是他在外面一个不显眼的位置站着。

通常他会很快找到她,但是这次,他没看见她把酒倒进小得像银顶针似的杯子里。他不知道她是不是在酒吧。他不相信妈妈会对他说谎,偷偷去见乔治或是别的什么人。也许她在酒吧后面。

一群人挪了位置,这时他才看见她坐在酒吧深处的一张桌子旁。她和一个男人在一起——他的爸爸。

加百列凝视着这两个靠在桌子上交谈着的普通男女。爸爸瘦长而结实,平日看起来总是神经紧绷的样子,现在却显得很放松。有一阵加百列的妈妈还挨近他,说着什么,还抚摸着爸爸的手。这情景恍如一张老照片,是往昔时光的惊鸿一现,在瞬间被凝固。在那一刻,他知道这么多年来他们一直相爱。

他把手搭在前额,遮着阳光,试着通过他们的嘴唇读出他们在说什么。他想知道他们是不是提到了他的名字。他们是不是在谈论他的律师前途?但他离他们太远了,根本看不清楚。不过无论怎样,他感到如释重负。如果他们走到了一起,为彼此忧心,那么一等这件事情理出头绪,他也就可以继续考虑他的电影和他想做的其他事情了。

他重新拿起画,继续他艰难的行程,一步一挪,哼哼唧唧,身上一阵阵酸痛。

他刚一到家,汉娜就嚷嚷说到了为他准备下午茶的时间了。她一直没有问他为什么跟跟跄跄走进家门,手里还拖着一个大东西,直到她走进厨房。

加百列在椅子腿下垫了几本美术书,踮着脚尖站上摇摇晃晃的椅子。他想把那幅裱了框的画和两件复制品推进一个高壁橱的深处。

"啊——哈哈!"汉娜得意洋洋地站在一边,甚至故意摇晃了一下椅子,似乎在显示她的权力,"小鱼上钩了!"

"汉娜,别这样。"

"你偷偷摸摸干坏事。"

"汉娜——"

"你等着吧,等你妈妈知道这件事情,你就惨了。"

"不要告诉妈妈!"他琢磨着父母这会儿是不是还在说话,也许爸爸已经回到他的住处了。

"我会的,"汉娜理直气壮地说,"你妈妈给我饭吃,我就要告诉她你的事情。我说得越多,就会有越多的布丁吃。"

为了保持平衡,加百列展开了双臂。虽然这个姿势看起来有点傻,但是他必须这么做。

"汉娜,如果你敢告诉她,你就会被解雇的。"

"呸,淘气鬼!我会告诉她两遍。你就等着被打屁股吧,啪!啪!哈哈!"

"没错。但是如果我告诉她你很差劲,对我很残忍,天天看电视。你就直接卷铺盖回你的支气管炎镇用一口残缺的老牙从冻土里拔芜菁吧。妈妈很护着我,对不对?"

厨房里忽然一片静寂。加百列站在那堆书上俯瞰着汉娜,他发现她害怕了。他刚才不假思索地说了那番话,而现在它似乎奏效了,他又占回上风。

"不,不,"她小声说,"请不要告诉你妈妈。"

"好吧,等着瞧吧。"

"瞧什么?"

"看你怎么表现了。嗯,我想我饿了。扶我下来吧。"

"是,是,"她呻吟着,伸出手臂让他跳进怀里,"您想吃点什么,我亲爱的孩子?"

"一份花生酱三明治,"他终于开口了,"别忘了把果酱和蜂蜜也拿来,再来一杯奶昔。"

"我不会忘的,"她说,"马上就好。你要香草奶昔还是草莓奶昔?"

"一样一杯。"

"每样都来一份。马上就好,决不拖延。您还要点别的吗?"

他想了一会儿。"来点核桃派和蛋奶冻吧。你也可以吃点,汉娜。"

"我可以吗?"

他尊贵地点点头。

"谢谢,"她说,"你不会告诉你妈妈,是吧?"

"我还没决定拿你怎么办呢,汉娜。有时你的一些行为真有些奇怪。在这个国家虐待孩子可是很严重的事情。英国监狱里挤满了整日以泪洗面的家庭保姆,但还是有地方再塞进一个的!"

她低声呻吟着,逃难一般离开了,忙着去准备食物。

汉娜给他拿来一杯热巧克力时,他正躺在床上为他的电影写剧本,大声念着台词。这时候妈妈刚好下班回家,走进他房间。她一脸悲天悯人的苦相,加百列管那叫"非洲饥饿儿童"表情。

"噢,加百列,你又开始自言自语了!我必须得告诉你,我最近很担心你,"她抚摸着他的额头和脸颊,"你在干些什么?"

"呃……在做我的电影。"

"进展得怎样?"

"我很喜欢。"

"你真的开拍之后,我能帮你做服装吗?"

"你想这样吗?"

"我很乐意。"她说。这时加百列注意到汉娜庞大的影子正站在门口偷听。"汉娜怎么样?"妈妈小声问。

"为什么问这个?"

"我觉得很愧疚,整天把你留给她来照顾。她尊重你吗?"

加百列迟疑了。透过门缝,他可以看到汉娜的一只眼睛,充满惶恐。

"我现在很喜欢她,"他说,"她很照顾我。"

那只眼睛眨了眨,变得泪水盈盈。

"那就好,"妈妈说,"对了,你最近没有和灵魂有什么接触吧?"

"什么?"

"亚奇,"她小心翼翼地说,"我死去的儿子。那些在你头脑里说话的声音,所有这些,它——让我很不安。"

"每个人的内心都有声音,"他说,"只不过他们不让其他人知道。人们总是会隐藏很多事情。我估计它只不过是我的'想象'。"

"你不经常听到那些声音吧?"

"不,不常听到。我们只是在必要的时候才保持联系。"

"你一定很孤独。"

"有时候吧,你呢?"

"我是不是孤独?我不知道。你觉得呢?"

"有一点吧。"

他不知道妈妈是否会提起和爸爸见面的事情。真是奇怪,父母们总是神秘兮兮的,可他们却要求了解孩子们的一切。

他说:"今天有什么有趣的事情吗?"

"和平常一样。"她说。

加百列开始怀疑自己看到父母在一起是不是一种幻觉,不过他很快确定那不是幻觉。"有什么怪人去酒吧吗?"

她迟疑了。"比如谁?"

"乔治。"

"没有。"

"乔治喜欢你吗?"

"他喜欢和年长一点的女人交往,他认为我能教他很多东西。也许就是这样吧。他听我的话,"她骄傲地说,"他说我很睿智。"

"他在奉承你呢。他还是喜欢和他一样年纪的女人吧。你想爸爸吗?"

"一点点。不过我们最好把过去的一切都忘了,想想未来吧。"

"爸爸对我说过一些事情。"

"什么?"

"说到底……他依然爱你。"

"不——"

"真的!"

她说:"他很久没有对我这样说了。当时他是不是在说醉话?"

"别傻了。"

他注意到妈妈的表情有点不自在,混合着快乐、难过和尴尬。

他说:"你还愿意见他吗?"

"再说吧,"她说,"我不了解这个男人,我真的不了解。"

他没有再追问下去。

第十三章

几周后的一天,加百列放了学,很惊讶汉娜没有在拐角等他。这些日子她从来没有迟到过。他正期待着一个重要的电话,一个让他忐忑不安又兴奋不已的电话。他必须知道她是否接到那个电话了。

他开始往家走,这时他看到了爸爸,正一边拿着手机说话,一边匆忙穿过马路。爸爸背着吉他,手里拿着唱片包,行色匆匆。最近加百列有两次机会可以和爸爸见面,但是都被爸爸取消了。他说最近有点事情,他忙着"工作"。

"我打电话给汉娜,说我陪你回去,"爸爸说着关掉了手机,"然后我得赶到伦敦南部去给人上课。"

"那你得过泰晤士河了?"

"只有这样了。我现在到处逛,像个游客一样,对一切都有兴趣,那些桥、房子,那些有趣的街道,斯毕塔菲尔德市场,砖块街,还有西堤金融区。我出门的时候会觉得自己很脆弱,像个老头,好像随时会被撞倒。但是这是我这些年来第一次重新看待这个城市。原先灰白的东西变成彩色的了。我要让你了解一下南部的天气。之后,我会陪一个想买吉他的人去乐器商店。"

爸爸和那些按摩师、毒贩子、会计师、私人教练、外语老师、娼妓、指甲美容师、心理医生、室内装潢师以及其他不计其数的甘当仆役的人们一样,已经在富人圈子里有了一席之地。别人为主顾提供裤子、修剪整齐的指甲或是一堆账目,爸爸提供的则是音乐。俗话说得好:运气来了,挡也挡不住。雷克斯终于开始走运了。

爸爸工作顺利,薪水丰厚,他很高兴,虽然他总是宣称当时他只是因为好奇才接下了这份工作。他开始指导一群有钱的"城里小子"。这些男孩组建了一支"轰隆"乐队,他们开始在派对和朋友们的婚礼上演出。爸爸的职责就是教他们摧残好歌,并且教给他们查克·贝利①的走路姿势,彼得·汤森②的旋转动作,还有基斯·理查斯③的招牌手势。这些男孩原先只敢躲在卧室里做这些动作的。不过最糟糕的还是看他们的演出。第一场演出是在乡间的帐篷里举行的。来宾们穿着晚礼服,漆皮鞋子上都沾着泥巴。不过,加百列知道,不管爸爸嘴上如何抱怨,心里一定很享受眼前的香槟、美食、别人的尊敬,包括无可避免的酬金。下一次,加百列会跟着一起去,爸爸觉得他应该会喜欢。

---

① Chuck Berry,上世纪五十年代的美国摇滚巨星。——译注
② Pete Townshend,上世纪六十年代英国摇滚乐队——谁人(The Who)的领军人物。——译注
③ Keith Richards,滚石乐队的创始人,吉他手。——译注

让爸爸觉得困惑的是,虽然没有人想听爸爸的演奏,但是他们却想让他教给他们一点儿什么。幸运的是,他最喜欢的事就是和年轻人在一起工作——他很快就意识到了这一点。因为一些他自己也不理解的原因,他可以让这些孩子从他这里得到他们从父母那里得不到的关注。今天他要和卡罗介绍的一个学生见面。那是卡罗的前女友,得了厌食症,正在学贝司,虽然她连乐器都拿不动。而且她的爸爸也开始学吉他了。

"我刚去过图书馆,"他说,"我借了一些关于教育和音乐方面的书。阅读真的很有趣,你知道。我真希望自己以前多读点书,而不是看电视或者坐在酒吧里。"

"是什么让你开始读书了?"

"我得比我的学生懂得多一点,有的学生相当聪明。我的日记本都写满了,学生的预约都排到明年了。"

加百列很惊讶,爸爸居然还有个日记本。他在此之前都在日记本上记些什么呢?他甚至都不去看牙医。以前,他会拖到三月份打对折的时候才去买本日记本。

"你喜欢教别人,是吧?"加百列问,"那个自认为了不起的小白痴——"

"你说卡罗?我快把他累坏了。感觉像带着一个小孩走路。他们太慢了,老是停下来,根本不能按照你的节奏走。你必须适应他们的速度,找到他们的节奏。卡罗很自闭……但也有容易沟通的时候,他有喜欢演奏或者倾听的曲子。他是一个很有意思的孩子。让他感到快乐——当我看到他眼中的快乐,这让我——"

"他眼中的快乐?"

"是的,这也让我快乐。无论怎样,学习有益于健康。"

加百列说:"你陪他的时间比陪我的还多。"

爸爸拥抱住加百列,说:"天哪,你这么觉得吗?你孤独吗?"

之前的两个星期,加百列的妈妈不上班的时候几乎每晚都出门。他猜妈妈和乔治在一起。有天夜里她甚至没回来,大清早才到家,还假装刚起床。

"睡得好吗?"他说。

"很好。谢谢。"

从她脸上紧张的神情和端庄的穿着来看,加百列怀疑她是要出门和爸爸见面。

而她在家的时候,就会一连几个小时和女友们煲电话粥。她对着汉娜嚷嚷,抱怨屋子里乱七八糟,接着又出去了。至于她在做些什么,她对加百列只字不提,毫无疑问,她这样是"为了他好"。

不过说到父母,所有的小孩都是侦探。他们在黑暗中工作,寻找线索,仔细检查任何有可能揭开谜团的证据。他曾听到妈妈在听"学习意大利语"的磁带,还在看一本皮耶罗·德拉·法兰契斯卡的画册。他记得乔治说过,法兰契斯卡的那幅《怀孕的圣母》——画着一个身穿蓝裙的年轻女子——就是在他的城堡附近画的。

不过,他的这位"少女妈妈"——他这样叫她——看起来不是很好。她似乎流过不少眼泪。她在消瘦,也开始收集更多自我放松的书。她的床上满是巧克力包装纸,而且一大早就喝提亚马路亚咖啡甜酒。她还没老,但是他已经能预见得到她衰老之后的样子。那绝非她在基尤花园里向他描述的情景,而是更伤感,也更绝望。

她越来越频繁地不在家,这让他很生气。他很想把她忽略掉,但至少她得在他身边,他才能有对象可以忽略。你怎么能忽视那些没有意识到自己被忽视,或是反过来忽视你的人呢?她已经确信他会成为一个律师,就这样了。她觉得她没必要再关心他的事情了。

爸爸还在说着:"现在我不住在家里,我们之间越来越疏远,加百列。每次见面,我们都必须重新开始。我们必须努力改变这种状态。但是过去几年我陪你陪得不少了,我现在有工作了,就必须好好干,"爸爸指着阴沟,"小天使,你很清楚我要是没这份工作,现在会在哪里。"

"他们给你的钱不少吧?"

"糟糕的是,没错。每次下了课,他们开支票的时候,我都会很尴尬。我很想说:'这是干什么呢?'"

"你没有这么说吧?"

"你觉得我是白痴吗?"

"你的唱片包里是什么?"

"很轻的东西——也很沉重。马勒的第五交响曲。"

"就这个?"

"我想教这孩子学点慢板——可能要让他听上几次,他才能记进去。"爸爸边说边猛拍着他的肚子。

"可你教的是蓝调吉他,不是吗?"

"我现在迷上了马勒。"

"你自己喜欢就好,我不想知道。"

"那孩子会理解这个曲子里的悲伤的。你以为我会让他听什么——至上合唱团吗?"

"你喜欢至上合唱团。"

"这算不错了,我原本还想让他听匈牙利的巴尔托克的弦乐四重奏呢。我已经听够那些老调子了。美国音乐的黄金时代是五十年代,而不是所谓的六十年代。五十年代之后的音乐都被吹上了天。在我看来,现在的流行音乐简直就是年轻人和恋童癖的小打小闹。我今天读到德国作家歌德说,语言终止之处,即是音乐的开端。对于某些人而言,语言似乎太过直白了。所以我得说——伙计,在马勒的音乐里,没有语言的容身之地!"

"是吗?"

加百列很担心爸爸的学生会像他们对别的老师一样嘲笑爸爸:嘲笑他脖子上胡乱缠着随身听的耳机线,嘲笑他的眼镜和手机,嘲笑他往上提裤子的样子,嘲笑他用指甲背面搔痒的习惯,甚至嘲笑他沉浸在音乐中的脆弱和感性——这个靠领取他们父母发的薪水过活的男人,为马勒忧郁的作品所深深打动,眼睛湿润,甚至忍不住低声呜咽。

爸爸说:"告诉他们在我的葬礼上放这首曲子,或者是迈尔斯①的音乐。还有那支慢板。"

通常爸爸提到自己的死亡是为了博取同情,但是现在爸爸却把提起这件事作为思考他最喜欢的曲子的一个机会。

---

① Miles Davis,爵士乐坛的杰出小号手,上世纪六七十年代为其黄金时期。——译注

巴士车站离他们家有几公尺远。加百列看出爸爸内心的焦虑不安,因此他决定陪爸爸等车。

爸爸从口袋里掏出一些钱给加百列。"这些钱给你。我一直想……我没这个能力,以前……"

加百列拿了一点,把剩下的还给爸爸。"我就需要这些。我得付音像店的账单。"

"拿着吧,我只需要一点车费。剩下的给妈妈,别忘了说是我给的。她最近好吗?"

"你不知道吗?"

"知道什么?也许我知道吧。帮帮我,加百列——她说过我好话吗?"

"还没有。"

"憎恨发泄完了,爱情就回来了。不就是这么回事吗?你现在有事吗?还有点时间,我们去喝点什么吧。"

加百列说:"爸爸,你今天怎么了?你的眼睛直愣愣的。你对于上课很紧张吗?如果他们不想学,该怎么办呢?"

"要看出别人是不是把你当作伪装成教育家的虐待狂,不是件困难的事。如果他们不想学,我就和他们一起坐着——思考。"

"思考什么?"

"我教导学生如何倾听音乐的变化,体味音乐的内涵。如果你不了解音乐的种种可能性,就不可能创作音乐。那些孩子们已经懂得这一点了。我并不觉得他们烦,我们彼此之间能开诚布公。我介意的是那些年纪大一点的学生还有他们的父母。你有时间和我聊聊吗?"爸爸说,"喝一杯就好,我并不是想喝醉——我快渴死了,只想解解渴。"

说完,爸爸已经匆匆过了马路,进了街拐角他以前常去的一家酒馆。在那里,小孩子可以待到晚上八点,而且酒馆的人与雷克斯和加百列很熟。

酒吧里坐满了在邮局或者附近的巴士停车场上班的稚气未脱的男人,他们正盯着超大的电视荧屏。爸爸那群面色发灰的朋友正在打桌球。加百列觉得他们看起来都一个德性,都叼着卷烟,端着啤酒杯,穿着有霉味的衣服。他们很少走到阳光下——除非他们正好在阳光普照的日子里站在酒馆外面——而且他们也很少吃绿色蔬菜,就像他们很少喝蓝色饮料或是穿粉红色衣服一样。

爸爸还没走进酒馆,他的啤酒已经被倒好,摆在桌子上了,加百列的圣克莱蒙①放在一边。他们坐在老位置,加百列以前经常趁着爸爸和人聊天,在这张桌子上做功课。

爸爸很快放松下来,加百列怀疑他是否真的打算去上课。他很喜欢他的新工作,而看起来又似乎满不在乎,似乎准备随时抛弃现有的一切。

爸爸喝了半杯啤酒,舔了舔嘴唇。"我想说——"他开口了。

"雷克斯,要不要玩一局?"这时,他的一个朋友走了过来。

"现在不行,派特。我儿子在这里呢。"

"加百列,"派特说,"雷克斯,你最近去哪儿了?"

"工作。"

"工作?"

---

① St Clement's 一种混合着等量柠檬汁与柳橙汁的不含酒精饮料。——译注

爸爸说:"你这么诧异真让我又吃惊又恼火,派特。是的,工作——我和加百列说完话,就要去工作了。"

"录唱片吗?"

"差不多。"爸爸说。

"没时间搭理老朋友了?"

"我会回来的,"爸爸说,"连你都知道,人生有起有落。你别担心了。"

"我担心的是,"派特说着,双手放在桌上,把脸凑近爸爸,他的指甲很脏,"你还欠我钱呢。"

"是啊,也许吧,"爸爸笑了,"我想你也欠我的。这里每个人都欠别人的,但是谁也别想拿回一分钱。"

"你工作了,"派特说,"我没有。"

"我这星期有工作,但是我也不能带着一堆零钱到处跑啊,是吧,加百列?太沉了。"爸爸说,"派特,那次我问你我可不可以住你家,你理都不理我!"

"伙计,不是我的错啊。我老婆——"

"是啊,你老婆。"

"至少我现在还有个老婆。"

"谢啦,我当时就只要求在你棚屋的地板上铺个睡袋。我现在可知道谁是我的朋友了。"

"你有工作了,"那个男人又说了一遍,"你想蒙谁呢——"

"听着,"爸爸恼火地说,"别烦我了,行吗?我儿子在这里,快点走开。"

"但是你欠我钱!"派特满脸委屈,"你身上穿的是新夹克吧?"

派特把手伸进爸爸的夹克内袋里,爸爸一把甩开他的手。

"别碰我!"爸爸说,"你可以滚了!"

"你先还钱!"派特说。

大家都在看着。他们对这种场面早已习以为常,而且看得津津有味。酒吧经理从吧台下面拿出板球棒。

"现在不行,"爸爸说,"你就不能再等几天吗?我知道你在哪儿——不是在这儿就是在电视机前面。"

"听着——"派特说。

加百列从口袋里掏出爸爸刚才给他的钱。

"这就对了嘛,"派特说,"你有个懂事的好儿子,老兄。"

"别,别拿你的零花钱,"爸爸说,"把钱收起来,加百列,快点!"

派特拿了钱,一边亲吻着钱一边说:"谢啦。"他走到吧台边上,要了一杯酒。

"混蛋!"爸爸大吼一声。派特扭了扭屁股。爸爸对加百列说:"我会补偿你的。天哪,我真抱歉。这些窝囊废就是一群白痴。他们从来不工作,可他们什么都敢拿。"

"爸爸——"

"别出声!"

自动点唱机唱起了《沿着瞭望塔》,声音比电视机还要大。一听到吉米·亨德里克斯的第一声和弦,站在桌球台边上的爸爸的一个朋友就抬起头来。爸爸做了个弹吉他的手势,整张脸因为陶醉而显得扭曲。

"一定有办法离开这儿。"他唱道。"我就是想,"爸爸说,"发出那样的声音,让人们在三十年之后还听着我的歌。你肯定觉得这想法很天真。也许我们都把流行音乐和流行歌手神化了,却不去想想什么才是真正值得做的事情。昨天夜里我在想,那真是个自我毁灭的时代。有那么多人无缘无故地、毫无必要地让自己受到严重的伤害。我们中间有多少人——除了莱斯特——还拥有健康和创造力?"

"你还有。"

"我?我知道我也在自我毁灭,不过就像我做其他事情一样,我对这个也不是很在行。"他摸了摸加百列的头发,"你是在创造呢还是在毁灭呢?我现在只想知道这个。现在告诉你还不晚,我很佩服你,加百列。"

"佩服我?为什么?"

"你办校园杂志。你参加辩论和戏剧社团。"

"现在不参加了。"

"不,你很叛逆,但至少你参与其中了。你参加了,而且你会继续参加的。你会坚持下去的,我知道你会的。你会比我走得更远。我把自己隔离了。我知道我很聪明,但我把才智浪费在负面的东西上了。我曾经想要毁掉一切。六十年代的主题就是唾弃一切,大体上就是个'直来直去'的时代。这被认为是叛逆。可是这意味着我有一颗愤世嫉俗的灵魂,可我希望我没有。我对事情不够热衷,我没有尽情开启自己的内心,也没有吸纳更多的东西。如果我有你的热情就好了。这就是所谓的野心——热情加上行动力。莱斯特一定在你身上看到了这一点。"

"谢谢你,爸爸。你只是——"

"不,不,我不是,"爸爸从桌子对面探过身子,"你还有钱吗?喝酒!我们再来一杯——庆祝一下!"

"如果你不去上课的话,那就没的庆祝了。"加百列说。

"别管那么多了,"爸爸说,"来杯苦啤酒!"他喊道。

加百列说:"要是你妈妈看见你现在这样子,她会怎么说? 她可没有喝个半醉去上课吧?"

"没有,好吧,你是对的。你让我觉得害臊,你很会玩这一手。但是你听着——在那个傻瓜打断我们之前,我正想说一件很重要的事。刚才是杰克打电话给我,实际上,手机就是他送给我的。'你需要手机,'杰克说,'给你——现在你是生意人了。''是吗?'我说,'我希望还没到那个地步!'"

"那么他是很照顾你咯?"

"太照顾了。加百列,他就是不让我清闲。他还请我去……去……"

"去哪儿?"

"一个晚宴,一个正式的晚宴派对。"

"太好了,有免费的食物。"

"不怎么好。"

爸爸解释说杰克·安柏勒对于儿子的进步很满意。那孩子有一次和他说话,甚至完全没有提到自暴自弃的事。作为奖励,杰克决定邀请他到家里吃饭,此外他还邀请了一些他觉得爸爸应该会喜欢的人:一位画商,一位电影导演,一个崇拜皮猪乐队的模特儿,还有其他人。

"杰克提到那个导演的名字,我们看过他的电影,他是个英雄。"

"那就更好啦!"

"你在说些什么呀?他这种人怎么会想要见我呢?我到时候肯定就坐在那儿冒汗,一言不发,像个傻瓜。'你是做什么工作的?'大家在这种场合都会问这种问题。我该怎么回答?我是做什么的?"

"你以前对我说过:说实话可能是个好的开场白。"

"加百列,我真希望你能和我一起去,只可惜那种场合不适合小孩子。"

"为什么这件事情让你这么困扰呢?"

"我没有天赋,不够成功,也缺乏智慧,"他指指酒吧里的人,"我就和这些家伙一样,只不过我还为自己的庸庸碌碌感到羞耻。天赋就是一本护照——它能让你通行无阻。没了它,你哪儿都去不了,伙计。"

加百列说:"但是杰克喜欢你呀。"

"我是唯一能和他的疯儿子沟通的成年人,因为我愿意听他说话,我是个好听众。"

"这也是一种天赋。有几个人能做到这一点呢?"

有个人在吧台那儿一直盯着他们看。当加百列又瞥了他一眼时,那人拄着拐杖摇摇晃晃地走了过来。爸爸咕哝了一声。

那个男人说:"我看见你还派特钱了。"

"那又怎么样?"爸爸说,"那个混蛋过来偷走了加百列的零花钱,我已经很不爽了。"

"那我呢,雷克斯?我正睡在派特家的地板上呢,甚至都买不起一杯酒。"

"老天,我现在是什么,慈善家吗?让我去工作,过一个星期等我拿到薪水再帮你。"

"现在就帮我。"那个男人说。

"以后再说。"加百列平静地说。

"现在!"那个男人说,"看着我!"

"这个酒馆里的每个人都是财迷吗?"爸爸说。

"你以为你比我们强!人人都是平等的,就算是——"

"你这么说真滑稽,老兄。我就是比你强。这件事情我还是敢肯定的。所有方面都比你强!也比你帅,比你有名——"

"爸爸——"

"不管你做什么,都不能像这些人一样沦落到这般田地,加百列。他们没希望了——"

"你太自以为是了,"男人说,"你不过是一个操蛋的过气的混球——"

抢在事态无法挽回之前,加百列站起身,把爸爸从椅子上拉起来,然后拖他到门口。

"我还没喝完呢。"

"出去,出去,出去!"加百列用力推了爸爸一下。

"真窝囊。"爸爸在大街上说。他敲打着酒馆的窗户,隔着玻璃朝着昔日的朋友们竖起了中指。看着爸爸还纠缠个没完,加百列有点不知所措。

"滚蛋吧,你们这帮家伙!一群废物!去你妈的!"爸爸大声嚷嚷着,"加百列,你不觉得他们看起来像是快要进坟墓的行尸走肉吗？我再也不上这儿来了！这里充满了腐臭的气息，绝望，暴力！真不敢相信我曾经像他们一样——"

"你现在不是啦。你有工作了。"

"是啊，也许，也许我是有工作了。我踏进那扇门之前，心情本来很好的！"

"小心！"加百列说，"你没戴眼镜，但是我是说真的，他追出来了！"

"你瞎担心什么，小家伙？那个混蛋根本就没腿！"

"不是他，是派特，他拿着那个瘸子的拐杖！"

"噢，是啊……没错——"爸爸把手搭在眼睛上，朝窗户里看了看，"我看见了！确实是他那口大黄牙！"

加百列跑过马路，爸爸则跟在后面，不停咒骂着。

到了巴士车站，加百列说："帮我问问杰克·安柏勒，谁能便宜一点卖我一台十六厘米的摄影机。"

"天哪，我可说不准。你知道我不想让人觉得我很贪婪。你会害得我被解雇的！"

"他可能乐意帮我们呢。"

"我看看吧，"爸爸说，"我还不知道自己有没有勇气参加晚宴呢，除非我躺在担架上进去。"

"你会去的，"加百列说，"如果你向杰克提这件事情就帮了我大忙了。毕竟，如果没有我，你就得不到这份差事。"

"宝贝，谢谢你提醒我这点。但是，我该带谁去参加舞会呢？"

"我是什么人？给你拉皮条的？你就不认识几个姑娘吗？"

"也许你会嘲笑你这个又老又没用的爸爸，不过其实呢，有一个学生的妈妈对我很感兴趣。每次去他们家,她都正要去洗澡。而且她很有钱。不过现在说这些还太早。"

巴士在他们身边停下,爸爸上了车。

"我会好好想想的,"加百列说,"我想我有个好主意了!"

"是谁?"

"等着瞧吧。"

加百列站在那里挥手,直到巴士消失在拐角处。他喜欢这样做。

爸爸已经走了,但是要回家的话,加百列不得不再次经过酒馆,除非他走到马路的对面,可那样会更丢脸。他也可以在经过酒馆窗前时低下身子,但是他不想这么做。走到酒馆附近时,派特看见了他。他走到门口,加百列没有逃跑,而是站在那儿。

"呃?"加百列颤抖着。

"你不是他,"派特说,"他是个坏……坏家伙。借钱不还。你将来可别像他那样。"

"我宁可像他,也不要像你,老兄。"

派特摇着脑袋。"回见。"他说。

"操你的,废物!"加百列说。派特举起了手。加百列强迫自己笑了出来。

汉娜正在家门口等着他。

"欢迎回家,加百列少爷。"

"谢谢你,汉娜。"他很高兴看到她。

"你怎么气喘吁吁的?"

"是啊。帮我理好沙发,别忘了把靠垫拍拍松。外面出了一点状况,我快累死了。我要恢复一下体力。"

"很抱歉必须打断你的思考,老快先生在电话上。"

"现在?"

"没错。"

"谢谢你,汉娜。我接电话时不想受到干扰。"

"我去替你准备下午茶,加百列少爷。和昨天一样吗?"

"别忘了橘子果酱,汉娜。"

"不会忘的,加百列少爷。橘子果酱马上来!要加点奶油吗?"

"奶油就免了,汉娜——就这样吧。"

"是的,先生。"

"你好,老快先生,"加百列对着电话说,"我能为你做些什么吗?"

"下午好,加百列,"老快说,"抱歉拖了好些日子才给你电话。学校怎么样?"

"还不算糟。"

"说话方便吗?你准备好了吗?"

"是的,先生!"

"我也准备好了,宝贝。现在,听着,这就是我们要做的,事情就这样进行……"

第十四章

她得花很长的时间才能准备好,而他会在一旁帮忙出主意。

加百列知道这是个重要的场合,因为妈妈正在播放《骑白天鹅》这首歌。一大清早妈妈就拿出了她的奥西尔·卡拉克①礼服——那是卡拉克七十年代给她做的,那时妈妈在为卡拉克工作——妈妈把礼服从衣橱里拿出来,挂在窗帘横杆上,两个人一起站在那儿欣赏。今天就要把她塞进这件礼服里,虽然她如今穿起来腰里有点紧。她不停地拍着肚子,或者说是"育儿袋"——照她的说法。然而,此时宴会已经开始了。

这晚她要和爸爸一起去杰克·安柏勒家里赴宴。爸爸已经被整件事情搞得焦灼不堪,于是在儿子的提议下,决定邀请自己的妻

---

① Ossie Clark,英国设计师,对上世纪六七十年代的服装潮流有着重要影响。——译注

子做女伴。

"真滑稽,是不是?"妈妈正在浴室里化妆。他们知道,在离他们不远的地方,爸爸也正在自己的房间里打扮。他不断地跑到楼下打电话,告诉母子俩他正在做什么。"雷克斯住在这里的时候,总是希望我闭嘴,现在却带我去参加晚宴,想让我说话。我真不知道他为什么突然之间这么需要我!"

她会先去一个时尚酒吧和雷克斯碰头,检查他的行头,并且确保他没有喝太多的酒,接着他们再一起去赴宴。她不知道什么时候能回来。她很高兴能有机会出门,而再过些日子,她就要在施皮茨餐厅上班了。加百列好久没见她这么兴奋了。

经过了前一晚,加百列觉得放松多了,那是加百列长久以来第一次和妈妈待了一整个晚上。他们去了附近一家巨大的、灯光明亮的24小时超市。你不光可以在那里买面包、吃午饭,或是买一整条鱼,还可以买到电影碟片、书或者电脑。他们在家里做了饭,她还让他喝了汽泡酒。这时电话响了,乔治说他想过来。

"过会儿好吗?"她小声求他,"等他上床睡觉再说。"

乔治一定几乎就在门口,因为几分钟之后,他就开始猛敲前门。

加百列气呼呼地回到房间,他想乔治肯定会留下来过夜,他们一定不希望他在身边。但是妈妈和乔治大吵了一架。妈妈想劝乔治和她去街尾的酒吧里谈谈,不过穿着米色外套的乔治已经喝醉了,还磕了药,出租车在门口等着他,他一心想要快点离开。他不停地说这一切"太复杂了",以此表示他要"甩掉"妈妈。

"乔治,拜托你告诉我,你到底想说什么。给我一次机会吧!

我想我们会好起来的。你每天都给我写信。"

"我还没准备好接受中产阶级的尊严的考验,而且永远准备不好了。"

"你是指我儿子,是吗?"

"除了他你从来不说别的!"他大吼一声,几乎撞出门去。

"你嫉妒了!"

"也许吧。你们是个紧密的小家庭!我们再联系吧。"

她追着他跑到街上,不停央求着。加百列透从窗户看到乔治甩开妈妈,像是用嘘声赶走想咬人的狗一样。

有好一阵,妈妈就躺在路上,脸贴着人行道。之后她抬起头来,看见加百列在看着她,于是站了起来,摇摇头,走向他。他抱住了她。

他们换上睡衣,在她的床上看肥皂剧《弗莱泽》,吃巧克力,这是他们为"紧急时刻"储备的粮食。

"你不喜欢他,是吧?"

"有点喜欢。"她说。

"哦,如果太复杂的话……"

"你就是复杂的原因。"

"我只是个借口。"

"别说了,弗莱泽和奈尔斯要——"

加百列舔着他的巧克力,说:"如果他要你和他走,你会去吗?"

她想了很长时间。"也许会的,加百列。"

"就算是我不愿意,你也会去?"

她抚摸着他的头发,他讨厌她这样做。她说:"你不该干扰我的生活。我照顾你这么多年,现在你几乎长大成人了,我已经完成了自己的职责。现在,我该为自己多活一点儿了,是吧?"

"好,好,"他说,"很遗憾这段感情发展得不顺利。"

她说:"我想,说到底,爱情只会让年轻人沉迷。我可以没有爱情——我必须要这样,不是吗?——不过我也不能没有伴。"

这会儿她坐在梳妆台前,穿上紧身衣。

"看!"

她走到一个手提袋边上,从里面拿出一双白色的漆皮靴子。

"你从哪儿搞来的?"

"它们是真正的七十年代的靴子。有个女同事专门收集老服装,是她借给我的。你喜欢吗?"

"很适合你。"

"你真的这么想?"

"哦,是的。"

"帮我拉上拉链,亲爱的。"

他在牛仔裤上擦了擦颤抖的手,为她拉上了拉链。他从她的镜子里看到了自己,正看着她调整靴子。

"我知道你爸爸会说:'穿靴子的小猫咪。'"他们都笑了。她亲了加百列。"明天早上我会告诉你晚宴的一切。你今晚打算做什么?"

"哦,我想我会和汉娜待在家里,"他走到窗前,来回打量着街道,然后打了个哈欠,"我会看完波兰斯基的电影,然后睡觉。"

"好好睡一觉,宝贝。"

"你玩得开心点。"

妈妈出门之后,他把画具收拾到一起,然后开始换衣服。这时汉娜敲响了他的房门。

"进来。"

"这一定是搞错了,加百列少爷。"

"什么搞错了?"

"门口有个司机在等你,外面还有一辆胖嘟嘟的车。"

"你凭什么认为是搞错了,你太鲁莽了。"

"对不起,什么莽?"

"一会儿去查字典。"

他拿起书包,之前他已经往里面放了一把小猎刀。他上过学,至少他知道该怎么保护自己。其实,他也并不是特别担心。

"加百列,那辆车真的是来接你的?"

"我有一个重要的会面。不能对任何人说,否则……"

"不,不会的,加百列少爷。我可不想回家拔芫菁。你的鞋……要我擦一擦吗?"

"不用了,谢谢。我的运动鞋是新的。你可以帮我把它们从鞋盒里拿出来,穿上鞋带吗?"加百列说,"我一定要去做这件事,汉娜,就是今晚。我已经答应别人了。但是我很害怕,真的很害怕。我以前从没碰上过这种事。"

"去吧,"她说,"去做这件事。"

"没错,你说得对。"

"但是别回来得太晚。"

"不会的。待会儿见。"

司机打开车门,接过加百列的书包。加百列滑进白色真皮坐椅,看见汉娜正站在门口,张着嘴巴。

"司机,"加百列故作轻松地说,"能把音乐开响一点吗?谢谢。"

他们绕过西大街,开过兰仆林和波多贝罗路,又穿过西堤金融区。加百列被带到一个街巷狭窄、有着不少旧仓库的地方。老快就住在这儿一所重新装修过的房子里。砌砖已经被刷得干干净净,水管被漆成蓝色。

他坐着货用电梯上了楼。

到了顶层,老快拉开格子状的电梯门,欢迎他。

"欢迎你,大师!"

"谢谢,老快!"

"随便看看吧!这景色!这河流!粉红色的靠背长椅!我累坏了——我打扫了好几个小时。我的管家去做变性手术了。"

"哦,天哪。"

加百列撩开门上的珠帘,发现自己正站在一块闪亮的人工草皮上。他的前面有一块毛茸茸的白色地毯,还有更多的挑战在等着他呢。

加百列四处看了看,他发现老快喜欢收藏任何有理智的人都会厌恶的东西,比如瓷器小狗,撒切尔夫人塑胶玩偶,还有很多一闪一闪的东西。加百列不确定这些东西究竟是从礼品商店还是从艺术画廊里买来的。加百列喜欢迷惑的感觉,他甚至喜欢讨厌点什么,不过这一次——

"你一定很吃惊吧。"老快说。

加百列注意到一摞摞摄影、绘画、建筑和设计方面的书,对他而言,就像是看到了一个巨大的巧克力蛋糕,他恨不得一口气把它吞进肚子。

"我可以常来逛逛。"他说。

"欢迎你来。"

"我喜欢这音乐,是什么?像是火车的声音。"

"史蒂夫·里奇①。"

"谁?"

"带回去吧,"老快说,"你爸爸知道的。"

"他喜欢的是 R & B,不过还是谢谢你。我想我们最好开始吧。"

"加百列,你想让我穿什么呢?"

"你最喜欢的衣服,你最想让别人看到的样子。"

老快把手放在加百列的胳膊上。"啊,我不知道,我从来不会选择。来吧,帮我一下。"

"我不能待太久。"加百列说。

"好吧,酷哥。"老快撅了撅嘴。

加百列忙着准备的时候,老快跑去换衣服。一个皮肤光滑,化了妆,穿着纱笼的泰国男孩或者女孩忽然跑了出来,吓了加百列一跳。这个人看见加百列,急忙冲进浴室,再也没出现。

终于,老快选好了衣服和唇膏的颜色。他在沙发躺椅上摆了个姿势,身下是印着猫王头像的软垫。老快的姿势让加百列有点

---

① Steve Reich,美国极简主义作曲家,创作电子音乐的先锋。——译注

惊讶,他躺在沙发上,一只手放在脖子后面,仿佛正在做日光浴。

如果老快认为这才是真实的自己,那么加百列也只能这么画了。要是老快对画不满意,那是他的事。

这时,一团愤怒的毛球跑过地板。

"老快,你家有老鼠?"

"别胡说!"老快说,"我想让我美丽的萨维耶也画进去。以前的人不也让他们的豪宅、骏马之类的东西一起入画吗?"

"我没法画狗。那只狗不会乖乖坐着,画出来只会像只刺猬。老快——你一个人看起来就很威风了。"

"是吗?好吧,我就信你这一次——"

"我说的是真的。"

"但我得提醒你,宝贝,这幅画可不是放在阁楼里的!我要把它放在餐厅前面。你得画得像我,但又要比我好看。你知道我的意思。我可不希望我的瑕疵永垂不朽。"

"什么瑕疵?"

"你真是个甜心,宝贝。你现在最喜欢哪个画家?"

"卢西安·弗洛伊德①。"

"但是他太……写实主义了,而我是个素食主义者,"老快笑了起来,"你在开玩笑,我知道你在开玩笑,你这小子。你不会忽略掉我身上的环吧?"

"它在哪儿?"

---

① Lucian Freud,德裔英籍画家,心理学家弗洛伊德之孙。偏爱人物和裸体像,风格粗犷而敏感,擅长表现丑陋、变态的东西。——译注

"让你瞧瞧,宝贝儿。过来,睁大眼睛看看。"

"哇。"

"呵,早告诉过你了吧。"

"一定很痛吧。"

"就是要痛啊。你要不要也装一个?"

"我只想弄个刺青,美洲豹之类的。"

"刺在哪儿?"

"就不要深入讨论这个了,老快。"

"你说得对。那我把拉链拉上了。"

"请便。"

加百列坐在一张印着动物图案的椅子上,只想尽快完成这张画的初步构图。他有几个小时的时间,因为妈妈很晚才会回到家。他必须赶在她之前回家,万一酒精把她弄得多愁善感,她在凌晨两点的时候也不至于找不到人抱。

"我能说话吗?"老快说,"我很兴奋。"

"你一直都很兴奋。"

"不会像现在这么兴奋。你想听什么呢——八卦还是我的自传?"加百列露出了微笑。老快说:"那么都说一点好了。如果你要画我,你就得了解我。好吧,亲爱的,我在你这个年纪的时候,成了吉米·麦恩罗伊的情人。那时他快四十岁了,是当时数一数二的流行音乐经理,他希望我协助他,我也确实帮了他不少忙,宝贝儿。我由此认识了所有的明星。噢,加百列,我一直想当明星,但是这个愿望一直没能实现。"

"老快,你是个明星,在餐厅里你就是个明星。"

"没错,我是老板,可那不一样。那是别人对我有所求,或者是上次来吃饭才认识我。加百列,吉米当年玩得很出格,可最终还是回到大多数人的路线上了,我也会有那么一天。不过不管怎么说,我有过一段好日子。所有的流行乐都来自于同性恋的地下音乐。我知道你不是这条道上的人,加百列,虽然有点遗憾,但是我不会逼你的,宝贝儿。不过从另一个角度来说,你也是我们中的一员。"

"谢谢。"

"离开吉米之后,我……"

老快滔滔不绝地说着。他似乎很喜欢被人凝视,不过加百列倒希望他别老是伸着个脖子想看看他进展如何。

"你尽量别动。"

"我浑身酸痛,"老快抱怨着,"我从来没有这样坐着不动。应该让我来画你!"

这句话让加百列有点生气,他早就对笔下的每根线条都心生厌恶了,他想把画撕个粉碎,踩上几脚,或者直接从这幢楼里逃出去。他知道他永远达不到自己想达到的境界。这并不是老快的错,他身上混杂着天真与狡猾、精明与虚荣,这让他成为一个绝佳的表现题材。加百列开始明白,任何艺术尝试都会受到禁忌、恐惧和自我厌恶的阻碍。他正在推一扇紧闭的门,而那扇门正是他自己。

最后,他满意地看着地上的一大堆废纸团。他今天已经画够了,再也画不下去了。不过他知道下一步该怎么画。

加百列向老快告别时,老快说车子已经在等他了,而他自己也需要搭车。加百列便坐下一边听音乐一边等老快换好衣服。

他们开到一所大房子前面,加百列认出那是杰克·安柏勒的家。屋里灯火辉煌,人影在宽敞明亮的屋子里移动。

"进来吗?"车子停稳时,老快说,"你一定认识那些人。怎么了？你害怕吗？"

"也许我应该害怕,可我其实不怕。今晚我什么也不怕。你以为我不想走进那扇门,和那些人聊聊天,在里面待上几小时吗？可是我的父母在里面,他们以为我这会儿正在家里睡觉呢。"

"和谁一起睡？"

"我倒是想。"

老快说:"是真的吗？你爸妈复合了？我还以为他们——"

"不要把我们的事告诉他们。"

"我的嘴巴被拉链封上了,我的翅膀被剪断了,我的屁股被鞭打了。亲我一下——我刮过胡子了。"

"就亲一小下,老快,为了谢谢你。"

"呀……做我的香草枕头吧,宝贝儿,"老快看着他说,"等你画完那张画,来我家吃晚餐。我认识一些人,他们会愿意见你的。他们比我有文化。我是一个只会卖汉堡包的老糊涂,老同性恋,一辈子也没有读过几本书。他们会介绍给你各种玩意儿。和他们聊天,你会大开眼界的。"

"谢谢你,老快,我很愿意,我会来的。对了——"

这时一辆车停在他们前面。车门开了,莱斯特弯着腰走了出来,姿势优雅得体。跟在后面的是穿着黑色西装的卡里姆·阿米尔。莱斯特走到门口,杰克迎出来问候他。加百列看见卡罗站在大厅里,正看着莱斯特走向他。

卡里姆走到老快的车边,把头探进车窗里。

"嘿,帅哥,"老快说,"你的头发又长了,很适合你。"

"真的吗?"

"是啊,而且很有质感。这位是加百列,他是做电影的。他爸爸和莱斯特一起演出过,后来又和查理合作过。"

"他真幸运。你好吗,加百列?"加百列和卡里姆握了握手。"进来吗,老快?"卡里姆问。

"我这就来,"老快匆忙回过神来,"上帝啊,看——那是玛丽安妮·费斯芙!我太兴奋了。我要和这些超级巨星待上一会儿,然后我要去洗桑拿。你可以在那儿待上一整个晚上。"

"我真想看看那些地方。"

"是吗?你应该看看这一切,我会照应你的。我们找机会再好好谈谈,宝贝儿。"

加百列说:"老快,莱斯特可能不记得我了,但是如果他还记得的话,你能不能代我谢谢他?谢谢他的画,还有他说过的那些话。"

"当然。"

老快步履轻盈、精神抖擞地跟着卡里姆走了。

加百列下了车,倚在屋外的栏杆上,凝视着屋子里枝形吊灯发出的光芒,可又看不真切。

"看到没,"他对亚奇说,"还不坏,是吧?今晚我们过得很愉快吧?"

他再一次想到如果亚奇还活着,他的生活将会发生怎样的不同,他们两个将会如何相互影响,彼此关爱,彼此仇恨。他想念他。

加百列抬头看见一个仆人走到窗边关上了百叶窗。

时间尚早,加百列便让司机带他在伦敦四处转转。车子前面的银色格栅龇牙咧嘴的,好像鲨鱼的牙齿,似乎要吃掉整个城市。等他长大了,他一定会经常兜风,身边坐着他的朋友们。

车子开过伦敦的几个地标,这时加百列陷入了对于未来的幻梦之中。他想象着他的冒险,他将要制作的电影,他写的剧本;他想着将来与他共事的演员、音乐家和制片人,他将要接受的采访,还有他在电视上说的一切;他想象着他会住在什么地方,参加什么样的派对,势必过着如何放荡的生活,会遇到什么样的女人;他不知道自己是不是会在美国工作,也不知道犯什么样的错误会对他有好处,而什么样的则应该避免。他会和莱斯特一样,永远活得多姿多彩。

伦敦是一个多么精彩的地方啊,他想。在这里任何事情皆可实现,只怕你不敢梦想!

当然,他也想到自己有可能像爸爸一样一事无成。人们都想功成名就,但是有几个人能够不屈不挠,全心投入,拥有钢铁般的决心呢?有几个人会抱着坚定的信念,视失败犹如死亡?他还没到步步谨慎的年纪。他充满希望,抱负远大,同时,他也准备好大干一场了。最近他有两三个计划,但是还没有足够的时间来仔细考虑。他想写一点,或者画一点新东西了。他这会儿才意识到他最近在家过得有多乏味,他过够了这种独自在家为父母担心的日子了。

加百列回到家里,听了老快给他的两张CD,然后愉快地上床睡觉。可是似乎刚一闭上眼,就做了个噩梦。

他梦见他和妈妈、亚奇坐在巴士上,旁边是爸爸的棺材。其他的乘客像平常一样安静地坐着。售票员让加百列的妈妈买车票,但是她拿不出钱来。这家人没法雇灵车把爸爸的尸体拉到公墓,因为他们付不起钱。接着爸爸的鬼魂出现了,和他们坐在一起,拉着亚奇的手,告诉他们别担心。妈妈的朋友乔治被一圈漩涡似的光晕笼罩着,透过窗户向他们挥手。

加百列放声大哭,但是没用,没人能听得见。

恍惚之中,加百列摸到一个柔软的东西。那是一个人。加百列被弄糊涂了,他伸手去够电灯开关,可是有人已经抢先一步开了灯。

原来是爸爸,他穿着晚礼服,领结松松垮垮的,像一朵快要凋谢的水仙花。他的衣服皱巴巴的,一身的酒气和烟味,嘴边还沾了些似乎是巧克力蛋糕的东西。

"我们刚从派对上回来。你安全了,大家都很安全,小天使,你接着睡吧。"

"你真的在这儿,真的是你。可你怎么会在这儿呢?"

"我会第一个告诉你的,不过是明天。"

第十五章

爸爸正坐在餐桌的老位置上,手边放着芥末、黄油、布兰斯顿酸黄瓜、番茄酱和盐瓶,这些东西下面压着一张报纸,正翻在体育版。爸爸把那堆东西拨开,想看看他感兴趣的一篇文章。他一边听着威尔第的安魂曲,一边嘴里嘀咕着不知道诺丁汉森林队能不能跃居联赛榜首。

他偶尔迷惑地抬起头来,爸爸从来没有和汉娜同在这所房子里待过。汉娜无意中总是让他发笑。加百列看得出汉娜很紧张,她好几次把食物举到嘴边,又放下,就好像她不能相信这个世界再度发生了倾斜。

爸爸说:"你梦见了我,真有意思。加百列,我想昨晚我看到亚奇了。"

"什么?"

"我当时和朋友坐在那儿,后来我确信你的双胞胎弟弟正在朝窗户里看。我甚至找了个借口,走到外面四处看了看。不过当然,四周一个人也没有。奇怪吧?对了,你和亚奇经常聊天是怎么回事?"

加百列犹豫了一下,不过最后还是说:"爸爸,他一直和我在一起。"

"当然,他也和我在一起。孩子就是应该和家人在一起的。"

"你和他说过话?"

"每天都说。"加百列松了口气。爸爸接着说:"别告诉你妈妈,她会不安的。"

妈妈和他们坐到一起时,汉娜站起身来走到屋子的另一头,用仔细得近乎夸张的动作叠起了衣服。

"我等不及要听听昨晚的事了,"加百列说,"一进门就有香槟吗?"

"当然,香槟,还有开胃饼干。"

"然后你吃什么了?"

"等等,我必须先告诉你一个好消息。"妈妈说。她穿着晨袍,头发蓬乱。经过昨晚,她一定累坏了,可她看起来还是一副心满意足的神情。"你爸爸顾虑太多,不敢问摄影机的事,不过我问了。原来卡罗的爸爸,杰克,多年以前曾经是个摄影助理。他的车库里有你想要的东西。他会教你怎么用的。"

"就是说我能开始拍电影了?"

"他建议你夏天开拍。那时日照长,光线充足。"

爸爸说:"小乖乖,你忘了说——"听到这个称呼,妈妈的脸红了,他好久没有这么叫她了,"昨天还有个人也在,"他看着加百列,"你的一个朋友。"

"没错,"妈妈说,"莱斯特·琼斯也出现了,喝了点饮料。他还问起你怎么样。"

"是吗?"加百列说,"他没有提别的吧?"

"他正在伦敦的一个小场馆举办音乐会,还邀请我们去后台看他。"

"太棒了,"加百列说,"我太高兴了。他没有提那幅画吗?"

"没有。"妈妈生气地望着爸爸。"噢,上帝啊,"她说,"我都忘了你吃东西会那么大声。你就往后这么一坐——你准是又在想事情了——然后发出野兽咀嚼一般的声音。"

"我也差点忘了你说话会那么大声,"爸爸说,"而且我也忘了住在一起的乐趣。以前也是像现在这样吗?"妈妈低下头。"对了,克莉丝汀,我想问你——乔治是谁?"

"谁?"妈妈说。

加百列与爸爸看着她。

爸爸说:"昨晚,加百列在梦里大声喊着乔治。他是谁?"

加百列很清楚爸爸知道乔治是谁,爸爸是要占据主动。

"没有这个人,"妈妈说,"没有乔治这个人。"

"最好没有。是真的吗,加百列?别对我说谎。"

妈妈说:"别忘了,杰克请我们去他的乡间别墅。他刚安了新的室内游泳池,想让我们去试一试。"

"我们三个?"加百列说,"我们会去吗?"

"你想去吗?"

"想啊,我可以在那儿工作。"

爸爸站起身来。"看情况吧，"他说，"总之，我没时间闲扯了。"

当加百列坐在妈妈身边，让她仔细描述昨晚的美食、餐具、来宾的衣着和谈论的话题时，爸爸拿起了包走到门口。

"我今天有一堆活要干。"他说。到了楼梯口他转过身来。"既然我回到了这儿，如果你愿意的话，我想我们重新开始吧，克莉丝汀。"

妈妈看着他。她还没拿定主意。

"好吧，"她最终说，"应该也没多少坏处。"爸爸上楼去卧室之后，她说："我的确是请他来了，可他看起来又变得太过自在了。"

"那有什么不对？"

她站起来，不安地走来走去。"长久以来我一直爱着他，我爱他远远胜过他爱我。但是这份爱没有希望，他无可救药了，所以我必须结束。现在他决定重新开始。我正打算过一种全新的生活。"

"也许，现在你们可以一起开始。"

"你太天真了，加百列。你凭什么觉得我是这么容易受人摆布的？"

"给他一个机会。他现在想要做点事了。"

"我为什么要给他机会？"她放松了一点，"你告诉我，悄悄告诉我，他现在在卧室里面做什么'工作'？以前我们吃完早餐，你去上学了，他就坐在沙发上看报纸，问我午餐吃什么。我怎么知道他现在会不会还这样？"

"他可能在放音乐，记录下学生的进度。他替每个学生都设了档案，我见过的。"

"他对这个倒很认真。"

加百列说:"他认为创作音乐和谈论音乐有治疗的作用。"

"怎么可能?我认识几个音乐家,从十几岁就开始演奏,到现在还是一群死脑筋,"她叹了口气,"不过,你注意到雷克斯的跛脚好些了吗?你爸爸成了个幸运的人。他终于找到了自己擅长的事情。我都有点嫉妒他。"

"怎么会呢?嫉妒他什么?"

"我原本认为只有那些有天赋的人才能胜任某种事业,或者说才算是个人物,而其余的人不过是些生活的奴隶罢了。你爸爸不是特别有天赋,而且经常会气馁,但这并不意味着他一无是处。"

"他很能干,"加百列说,"他已经不领失业救济金了,他还给我钱呢。如果你好好求他的话,说不定他也会给你钱。"

"你这么想吗?他们付他多少钱?"

"我不确定——"

"你不知道?是按小时计费,对吗?"

"我想应该是——"加百列把确切的数字告诉了她。

"就这些?不比我挣得多多少嘛。"她说。

"杰克往往会给得更多。他想给爸爸多少就给多少,我想爸爸也不知道该拿多少钱。他觉得每次问他们要钱很丢脸。"

"他本来就不应该伸手拿钱,他应该寄张账单给他们。我一会儿就在新电脑上帮他弄一份。我打赌他肯定没交过税,他会惹麻烦的,我来处理这事吧。现在我要出门去见我的女朋友们了,今天是我们的'咖啡清晨'。她们都想听听昨晚的事。"

附近有家咖啡馆,妈妈和她的朋友们几年来都在那儿碰面。

她们会谈论丈夫,孩子,电影还有电视;她们会比较彼此在古董市场上买到的东西,而且会给彼此建议。

出门之前,她说:"昨晚雷克斯真的很体贴,也很有礼貌。他握着我的手——他知道我喜欢这样。他甚至和我说话,而且对我说的话很感兴趣,可能是因为他害怕和别人说话吧。他答应要给我买点新衣服。要是能一直这样该有多好。"

那天早上稍晚些时候,爸爸走出卧室去给卡罗上课,加百列跟他一起去了,他要看看杰克的摄影机。

爸爸有点宿醉。中途他们停下来喝咖啡,咖啡馆在一条很热闹的大街上。天气并不暖和,可他们还是坐在外面的铁椅上,喝着果汁,看着人来人往。爸爸喜欢数疯子。

"那儿有一个,"他用胳膊肘推推加百列说,"再看那个一边说话一边怪笑的疯子!可怜的家伙,他没救了。"

这样做似乎能让爸爸得到些安慰,让他意识到自己并不比别人更糟糕。

接着爸爸说:"昨晚真的很棒,加百列。你可能已经猜到了,我和你妈之前见过几次面,想看看会怎么样,看看我们是不是还合得来。"

"结果呢?"

"是的,我们很合得来,有些时候是的。反正呢,昨晚她请我回家以后,我换下衣服,看见她的晨袍像平常一样挂在门后。我洗了澡,刷了牙。我开始想,她正躺在床上,正在等着我。她身体一定很热,真的是滚烫——她是个体温很高的女人,尤其是晚上,我马上就要依偎着她的后背,她的大腿,她的屁股。她的屁股就像两团暖炉。她的脚会在我的大腿上磨蹭着,我喜欢她这样,我还可以亲她的脖子。细节我就不说了,可是我告诉你,宝贝,当一天结束之后——人的一生都是这样——男人倒头躺下的时候,这就是他真正想要的。当你知道有个女人选择了你,知道她想要和你在一起——这就是一种成就。"

"可你们不住在一起。"

"这个我们以后再说,"他接着说,"世上很少有人是绝配的。这年头,人们分手分得太快了。为什么大家必须要分开呢?只要能熬过最糟的那段日子,你就能有新的发现。对我来说,重新和她在一起,就像是有了新的女朋友。你妈妈因为亚奇的事情很受伤害,她应该好好休息一下。我不喜欢她做女招待。我想在经济上支持她,这样她就可以做她想做的事,我会为此骄傲的,"他看着加百列,"你没在听吧,你根本在想别的事情。"

"没错。我只会把注意力集中在我真正想做的事情上。"

"可我还不知道她是否想让我回来。我还得想着拿点什么来哄哄她。"

到了杰克家,爸爸和卡罗上楼去上课。

加百列站在门厅,这时杰克穿着西装和优雅的金色拖鞋,在一个身穿制服的仆人陪同下出现了。他领着加百列走进房子边上的车库里,那里放着两辆绿色莲花跑车,一辆美洲豹和一辆宾利。

杰克在那些车子后面找到那台摄影机。他脱下外套,铺了一张纸在地上,打开他的工具,在地上把摄影机拆开。他要对这台机器"重新熟悉"一下。重装机器的时候,他还说起了曾经用这台机器拍过的片子,还有它拍过的著名演员。接着杰克问起加百列想拍的电影,加百列便对他叙述了故事情节。他越说越兴奋,他还没有忘记它。事实上,这部电影在他的脑海里越来越清晰了。

"我觉得听上去是部很不错的当代电影,"杰克点点头,"也有很多好玩的细节。"

之后,他们走进杰克的办公室,各种电影海报、奖杯和一座奥斯卡金人环绕着他们——"每个人都应该至少拿这么一座。"他拍着小金人说——杰克还给加百列看了电影剧照。

"为什么不把这些剧照带走呢?"他一边说,一边用纸巾把它们包起来,"它们对你比对我更有用。"

"杰克,你为什么没成为导演呢?"加百列问道,同时把剧照塞进包里。

"好问题,"杰克接口说,"我想这是因为我后来认识了吉米·亨德里克斯,那时他住在诺丁山。"

加百列差点呛到。"什么?"

杰克就喜欢这样说话,把孩子唬住。对加百列而言,这就像是有人说他们和莎士比亚一起度过假。

杰克说:"我确实有这么老了。我看过吉米好几次演出,在华盖俱乐部和别的地方。当时我想,我永远成不了他那样的天才。这个时代我们要向谁寻求精神指引呢?不是那些神父、政客和科学家。只剩下艺术家能让人信赖了。所以,我是个超级追星族,我喜爱那些百变的艺术家。不过我自己倒宁愿坐在安乐椅上抽雪茄。这是我的损失——搞艺术会让人无所畏惧。你可能从没想过自己有做不到的事情,可我从来没有这个自信,我不相信自己有什么天赋或者想象力。"

"那你的自信跑哪儿去了？"

"你认为我曾经有过吗？也许小时候有过吧，我不知道，后来我就被送进了学校。我的信心一定在那时候就从我身体里被提纯提走了。"

"杰克——"

"你在想什么？你今天看起来很紧张。"

"是啊……我妈妈有个怪念头。"

"什么念头？告诉我，加百列。"

"她觉得我应当当律师，演艺界的律师，负责给贝司手签约之类的。"

"是啊。"杰克似乎很快明白了，事实上他觉得很有趣。"我原本也要干这行的。"

"你会劝我这么做吗？"

杰克吐了吐舌头。"做你讨厌的事情有什么意义呢？"

加百列说："我想让工作和生活结合起来。"

"那些取得成功的人——比如莱斯特·琼斯——都是这样的。多数人都找不到自己真正想干的事，等找到了又太晚了。"

"也不知道自己想成为怎样的人。"

"没错。为什么不让我和你妈妈谈谈呢？我会请她出来，向她解释如果你努力工作而又干得出色，一定会大有出息的。"

"你有时间吗？"

"我想不出有什么比你这样的年轻人的前途更重要的事了。"

卡罗和爸爸上完课走下楼来，看起来都很轻松。杰克答应等加百列长大一些，会让他参与一部电影的摄制工作，当个"跑腿的"。

让加百列感到惊讶的是,杰克真的履行了他关于妈妈的诺言。

几天之后,加百列放学回到家,发现妈妈在家。她的脸红扑扑的,喝了不少酒,但是很高兴。爸爸在厨房里泡茶。

"我刚进门,"她说,"猜猜发生了什么事!杰克今天早上打电话来,约我出去吃午饭。我过去几个星期的约会比这几年里的还要多。你要带我去哪儿?"她对着爸爸说。

"等着看吧,"他说,"加百列,我和妈妈出去一会儿,可以吗?"

"当然可以。妈妈,杰克说了些什么?"

"他突然打电话给我,说他想请我去常春藤餐厅。我没法拒绝!我给酒吧打了电话,说我身体不舒服。常春藤餐厅简直棒极了!我一直盯着周围所有的人看,几乎没听到他说的话。丹尼·拉·卢也在那儿,看起来真帅!"

加百列说:"杰克有什么事?"

"他夸奖了我的两个大男孩。他说雷克斯是个伟大的老师,唤醒了他的儿子,诸如此类的。还有你——呃……他似乎认为你没必要做律师,他觉得那会浪费你的才华。"

"那你说什么?"

"我说只要加百列长大以后别像他父亲那样就行了。"

爸爸可不觉得这句话好笑。

妈妈的脸红了。她说:"杰克承诺说他会一直关注着你,加百列,像你的教父一样。杰克真是个让人难忘的人。他的脑袋——事实上他的整个身体——都应该印在邮票上。"

"好让你舔个够。"爸爸说。

"加百列,"妈妈笑出声来,"我们离开一会儿,好吗?待会儿见。"

父母吻过加百列,出了门。加百列告诉汉娜他也要出去。她基本没在听他讲话,她这会儿正坐在椅子上,自顾自地哼唱或者说呻吟着。

加百列来到施皮茨餐厅,在上次的位置继续给老快画素描、拍照。加百列想快点完成这幅肖像。他一直在想,老快应该会喜欢他把餐厅也画进去。画中的那张躺椅看起来不太搭调。他要把老快的头从那上面挪开,放到别的位置上。这不就是所谓的想象力吗?

经过几个小时的素描和观察,加百列告诉老快初步构图已经完成,他不需要再看到老快——说到这里加百列迟疑了一下——的人体了。再过几个星期,他会把完成的画作交给他。

老快坐在他的"控制台"上,有点失望:"可我喜欢为你摆姿势,宝贝儿。我们再画一次吧?"

"对不起,老快,可你的脸已经刻在我的脑子里了。"

老快拍了拍手,说他等不及想看画了。

加百列警告他说:"你不明白,我还是个孩子,可能会画得很糟糕。"

"越糟糕越好!哈哈哈!"老快接着说,"你告诉父母我们在干什么了吗?"

"没有,我没告诉他们。"

"我想也是。我猜你妈妈应该能接受,但是你爸爸可能不会喜欢这张画,也不会愿意你和我混在一起。他准会胡思乱想的。"

"那就等我画完了再告诉他。"

"没错,"老快看着他,"你在想什么?"

"什么?"加百列说,"我在想,如果我现在是在摄影,我只能拍人物的特写。我只能离得很近,近到只拍得进他们的耳朵、鼻尖,或是一小块皮肤。我没法把他们整个地拍进去。这是为什么呢?"他问老快,他相信老快知道答案。

"你和父母离得太近了。你看不见他们——他们在你上方。"

"是的……"

"和别人相处的时候,我们往往很难把握好距离。"

"没错。"

"现在你有事可想了。要给你叫辆计程车吗?"

"好的,我该回去了。"

一进家门,加百列就听到一种怪异的声音。他跑进厨房,心想着是不是有人被杀了。汉娜在里面哭。

"汉娜!有人死了吗?告诉我怎么回事!"

她并不准备说话。他给她泡了杯茶,又递给她一块蛋糕,她终于开口了。

"比死更糟!你的妈妈和爸爸又在一起了!你爸爸在把他的东西往回搬了。"

这是真的。每隔几天,爸爸就会"无意中"把一些东西留在家里,"下次来拿走"。家里渐渐恢复到以前的样子了。

加百列向她解释说:"这只是试验阶段。"

"啥?"

"看看事情会怎么发展吧。"

"要是发展得太好呢?"

妈妈对加百列说过,她还是不能不对爸爸有所保留。这并不是说她怀疑他"在成长中有所进步",可是夫妻之间多年积累下来的习惯不是一时片刻可以消除的。毕竟,她习惯于视爸爸为"傻瓜",虽然她自己也不愿意承认这一点。她已经习惯于不喜欢他,习惯于说他懒,习惯于试图逼他做事情,习惯于把他看成一个失败者。而他,也有一套对她的成见,比如说,觉得她唠叨,觉得她思想保守。

他的父母将面临很多问题;这对他们两个都是一项艰巨的任务。

加百列觉得是他推动了事情的进展,因为他告诉妈妈,爸爸有个学生的妈妈对爸爸很感兴趣,决定自己也要搞音乐。爸爸问她"你想学什么乐器"的时候,她回答:"噢,随便什么,只要能用到四只手的都行。"她甚至开始送爸爸礼物。

"什么样的礼物?"妈妈问。

"噢,只是些小玩意儿。"加百列很热心地告诉她。

"小玩意儿,呃?"她哼了一声,没再说话。后来她给爸爸买了个新包,可以放他的档案、唱片和书。加百列知道妈妈中圈套了。

这时汉娜又说道:"我知道他们不想让我待在这里了。"

"我想总会有人离开吧。"

"就是我!"

"为什么你不想回家呢?"

"我不要!我不要!现在那里都是强盗!"

他给她拿了杯饮料,说:"我会和妈妈谈谈这件事,如果你愿意的话。她也许能帮你找一个新东家——比我们更好的人。"

"你会吗？噢,加百列少爷,我太感激你了!"

这一次她亲了他。

他的父母很晚才回来。加百列工作的时候,听见他们在楼下厨房里喃喃私语。他正打算下楼和他们说话,可他们的声音忽然变得沙哑,然后又陷入了沉默,接着是神秘的寂静。不一会儿,橱柜里的茶杯开始咯咯作响,接下来就会是窗户。一场爱的风暴正在迫近。

第十六章

　　加百列陪爸爸回到他租的房间。这些日子爸爸一直待在家里,没有回来住过。

　　他们爬上楼梯,推开了房门。爸爸站在那儿闻了闻,轻蔑地看着这间熟悉的破屋子。他在房间里走了几步。

　　"我都不想碰自己的东西,我只想把它们丢在这儿。所有的东西都像是裹了一层油腻。你妈妈要我留着这间屋子,以防我们之间又出现问题。不过我想不会再有问题了。她似乎也喜欢这样,你觉得呢?"

　　"是啊,我也这么想。"

　　加百列知道,妈妈和乔治出去过。以妈妈换上衣服出门的速度来看,加百列敢肯定是乔治打来的电话。那天夜里,爸爸从伦敦的另一头打电话回家,他正在那里工作。加百列说她去上班了,可爸爸之前已经给酒吧打过电话了。爸爸不停地打电话来,直到加百列上床睡觉,打开答录机为止。妈妈很晚才回家,不过是一个人。加百列蹑手蹑脚爬到她门口朝里面看,只见她哀伤地凝视着天花板。他们结束了,他猜想。当她放弃意大利语,开始怀疑自己做小学教师是否为时太晚时,加百列真的确信她和乔治已经分手了。

这时爸爸说:"就算再出问题,她又让我走,我也不会再住这间屋子了。我宁愿露宿街头,或者住在学生家里,"他叹了口气,"住在这儿的时候,我觉得一切都被夺走了,我已经没有生活的动力了。那次我们去找老快,我把画卖给他之后……在我的印象里,我从没那么消沉过。我希望这种事情永远不会发生在你身上,我的小天使。这真的会毁掉一个男人。"

"是啊。爸爸,我们开始收拾吧。"

"好。"

爸爸做的第一件事就是把加百列给他的那张椅子图拿下来。爸爸把它仔细折好,放进内层的口袋里。

"好吧,"他用一种密谋的口气说,"我们就这样把东西都拿出去。"

"什么?"

爸爸解释说,因为他没有按时付房租,而且也不打算这么做,所以他们必须以"另一种方式"离开。

他们把所有东西理到一起,搬下楼。接着由加百列放风,把东西装进垃圾袋,从后门拿了出去。然后他们又从一个侧门回到街上。上次帮爸爸把家当运到这儿的那个老朋友,这次又开着小货车来了,装作是偶然看见了他们。

他们又到爸爸朋友的车库去拿别的东西。赶在下午之前,爸爸的衣服、吉他和其他乐器、"感恩而死"乐队的海报和书就回到了家里。他们请汉娜来帮忙;每样东西一回到原位,她就流下一滴眼泪。屋子看上去有点拥挤,而爸爸快活得简直招人烦。

"我很高兴又回来了,再次掌控一切。"他一边宣布,一边拍妈妈的屁股。

"我从来就不喜欢别人拿我当老驴打。"

"拜托,小乖乖,"他说,"你当然不是老驴,你是我的妻子。"

"妻子?我们又没结婚。"

"我觉得我还没准备好。"

"没错。你和大多数男人一样,太不成熟。"

"只是你太没幽默感了。"

"那是因为你说的话从来就不好笑。"

"克莉丝汀,别人听我说笑话都会笑。"

"告诉我他们的姓名住址。他们只是出于礼貌罢了,雷克斯。"

"他们为什么要这么礼貌?"

"好尽快甩掉你啊。或者,他们是你的学生,想奉承你——"

"那是尊敬。好了,听着——"

她说:"我偏头痛又犯了——"

加百列走到门口,来到街上。他听到在他身后父母的声音变得越来越小。他将来应该会把父母的故事拍成电影。要是他不必先亲身经历这一切,那就更好了。

他去找萨克。萨克说:"嘿,这些日子你去哪儿了?进来,进来!"

加百列差点在门口绊倒。"来这儿真好。妈的,我应该早点来的。"

"你去哪儿了?"

"噢,上帝,我爸妈的事情让人焦头烂额。"加百列叹气。

萨克有过体验,知道这种事很伤脑筋。每次他的父母一出门,他就担心他们会带更多的"继"亲戚回来。伦敦到处都有他的"继姐妹"、"继兄弟"、"继叔叔",还有和他有着一半、四分之一或者八分之一血缘关系的兄弟姐妹,都是父母矢口否认的激情之后的纪念品。有时候他都不知道自己和这个圈子里的哪个人没有亲戚关系。比如说,他的母亲刚和她丈夫的朋友——一个她后来再也没见过的男人生了个孩子。

"难怪,"萨克说,"很难过吧,嗯?我也一样。"

他们小心翼翼地走过房间。那些昂贵的家具摆放的角度很奇怪,地板中央还有个金鱼缸。屋子里的东西就像是那天早上搬运工刚搬进来的。

"那个看风水的家伙来过之后,屋里就乱七八糟了,"萨克解释说,"你听我说,我爸妈已经爆了。"

"什么意思?"

"分了!不管怎么说他们也只是凡人。他们什么都不懂,这些混蛋。"

"我爸妈复合了。"

"在同一个屋檐下?在同一张床上?"萨克怀疑地看着他,"怎么会的?他们是为了你才这么做的吗?"

"什么？你爸爸是这样的吗？"

"当然。我妈妈说过：'如果你不存在，我永远不会和你爸爸那个疯子讲话，再也不会。'"

"可她嫁给他了。"

"我也提醒她这一点。"萨克说。

"她说什么？"

"后来那个精神病学家就出现了，问我有没有做过有趣的梦，或者有没有性幻想，我就把鱼的事情告诉他了。"

"我也不知道，"加百列说，"你希望你爸妈住在一起吗？"

"现在不太可能了，我爸爸成了同性恋了。学校里的那些小孩老是拿这事来取笑我。"

"是啊，真糟糕。不过，一想到我们长大以后会像我们的父母一样，那就更糟了。你觉得呢？"

"我从没想过这个，"萨克说，"天哪，那种未来就像是地狱。照我说，永远都不要结婚！"

"不要结婚！"

"只要性和工作！"

"性和工作！"

萨克家是加百列家的三倍大，还有一座温室，可以俯瞰花园。加百列拿出画架，萨克则开始写剧本，他们喜欢彼此做伴。最后加百列告诉萨克，他在给老快画肖像，由此得到了生平第一笔酬金。萨克很感兴趣，所以那天晚些时候加百列回了趟家，把老快的画像拿来给萨克看。

萨克退后几步打量着画，最后他终于宣布，画得很不错。老快看上去就像一只刚得了奖的粉红狮子狗。加百列应该在他胸口画个玫瑰花结,或者干脆画在他裤裆上。

稍后,萨克又把最新修改的剧本念给加百列听,加百列则根据萨克的剧本画出场景,做着笔记。这时一个女孩闯了进来,女孩们就是这样。雷蒙娜十六岁,是萨克一个"继"亲戚的朋友。她看起来就像是德加笔下的一个芭蕾舞演员。加百列没法故作镇定地和她说话,只能去向他的知心兄弟亚奇咨询。

亚奇要加百列少说话,平静沉稳,展现魅力,态度和蔼。他提醒加百列别忘了杰克说过的话:"如果你当了导演,你不光有机会长篇大论地挖苦别的导演,谈你读过的书、拍过的电影——大家都会洗耳恭听,因为他们不得不这样——还会有很多姑娘送上门来。你会发现,很多女人都喜欢镜头。"

加百列告诉雷蒙娜:"我们正准备在这个夏天拍部短片。你想演个角色——或者至少试一下镜吗?"

她美丽的双唇后面却是一副利嘴尖牙。"你怎么知道我想当演员?我看上去像是好出风头的人吗?让我看看剧本,我要仔细考虑一下。"

"仔细考虑一下,是吧?"

"没错。剧本最好写得好一点。"

加百列凝视着她。她离开时,在加百列的脸颊上亲了一下。

那天晚上加百列和萨克弄剧本弄到很晚,他们写情节,列提纲,排演了各种场景,尝试了可能的配乐。加百列真想甩手不干了,他想让自己轻率一点,孩子气一点,可他想起了莱斯特跪在地上,严肃地对待一张画和几句话的样子。

第二天早上,爸爸和加百列一起吃早饭的时候想谈谈学生的事,不过似乎有点困难,因为汉娜觉得自己不得不做一场秀。她跪在那里擦地板,如同跪在耶稣脚边的殉道者,偶尔抬起头来,用哀求的眼神看看她的雇主。加百列从没见她这样认真打扫过,她把所有物件的下面和里面都擦了,这会儿你可以在任何一块平面上吃东西,在任何一条缝隙里舔一口。不过,爸爸觉得很不自在。虽然他很习惯妻子在他面前干活,可让别人来做这些让他很有罪恶感。理论上,他仍旧是一个平等主义者。

"谢谢你,汉娜。"他说,他在电影里听上流社会的人常说这句话。他希望这句话能让汉娜快点消失,可她只是把它当作感激,很快就听上瘾了,拿着装满清洁用具的篮子在爸爸身边转悠,想得到更多的赞扬。

妈妈回家之后,加百列悄悄地、不作任何夸张地告诉她,汉娜很照顾他,不过她和以前不一样了。

"你说得对,"妈妈说,"我们现在真的有点挤。她得离开这儿了。"

"你能给她找份别的活干吗?"

"好吧,我有主意了。我来打个电话。"

接着她让汉娜换上最好的衣服。带着紧张的汉娜准备出门的时候,妈妈告诉加百列,老快正在找管家。她们这会儿就是去他的公寓。

"很好,"加百列对汉娜点点头,"从某些方面来说,老快先生是很好的东家。"

"是吗?"妈妈说,"你怎么知道的?"

"我认识他好多年了。爸爸介绍我们认识的。"

"怎么回事?"

"我们刚好去他的餐厅。而且……我在给他画像。"

他已经说服她不把那张莱斯特的画卖给老快了,他说他自己要保留那张画。她同意了,不过她并不知道他和老快之间的事。

这时她站住了,说:"你在干什么?"

他一直不敢告诉她,他不知道这是为什么,似乎是他不相信自己有权利拥有隐私,或是不相信人们能对父母保留一些秘密。

他说:"我感觉他看起来不错。进展挺顺利的,我用了很多粉红色和——"

"你已经给老快画像了?"

"只是小幅的,快画完了。"

"画在哪儿?"

"在萨克家。你为什么这么吃惊?"

"没出什么……呃……奇怪的事吧?"

"没有啊。"

"太怪了。"

"没什么怪的啊。"

她看着他。"我想这些事情取决于你。如果你愿意画,我也觉得没什么不可以。可你为什么不告诉我呢?"

"你忙着工作嘛。"

"我明白了,"她说,"你现在是个有着强烈意志的独立的小大人了。这样很好,本来就该这样,"她开了门,"走吧,汉娜。我来给你找份活儿。"

妈妈一个劲摇着头。

她们回来的时候,汉娜看上去很高兴,而且开始整理东西。老快要人帮忙,他想马上就雇用她。

妈妈说:"我猜想,她的主要工作就是照顾好他的瑜伽垫吧。"

"还有喂他的狗。"

"你去过他的公寓?"妈妈问。

"噢,是啊。你不相信我吗,妈妈?"

"我想我用不着怀疑你,"她说,"以我对你的了解,我知道你绝对不会做任何你不愿意做的事情。你现在要去哪儿?"

"去萨克家——去准备我的电影。"

"去吧——去吧,儿子,好好过你的生活。"

"谢谢,我会的。"

加百列到萨克家去看看那张画。他坐在画前面,有时一坐就是一个小时,研究自己的作品。他不能说这幅画已经完成,不过他知道自己已经厌倦了,再也没办法客观地看待它。

"我想就这样吧,"他最终说,"没什么可画的了。"

萨克帮他把画搬回了家。加百列希望他给父母看这幅画时,萨克也在场。他想他们或许会碍于外人在场,不至于过于严厉,或是大惊小怪的。

加百列准备那幅画的时候,妈妈和萨克坐在桌边聊天。妈妈一直很喜欢萨克,喜欢和他聊聊家常,尤其对他奇特的家庭生活感兴趣。她喜欢拿自己的生活和别人比较。

加百列上楼去找爸爸。爸爸正在写一个他称之为"案例"的东西。加百列注意到,爸爸喜欢被他的新学生称为"邦奇博士"。

"就像'贝西伯爵'①或者'心情好博士'②?"加百列有一次问他。"我想是的。"爸爸生硬地回答。

加百列说:"爸爸,我想让你看点东西。我画的一幅画,不算很好,但也还行。我喜欢画画,不过更喜欢拍电影。"

"你自己决定吧,"爸爸说,"任何你想做的有创造性的工作,我都赞同。画的是什么?"

"老快。"

"我的朋友老快?"

"是的。"

"在哪儿呢?"

加百列带他下楼看画。萨克和妈妈站在那儿。

"就是这个。"加百列说。

爸爸看着画,摘下眼镜,又戴回去,走前几步,又后退几步。

考虑到老快希望成为明星,加百列便把画设计成宽银幕电影的样子。画中的老快细窄、朦胧,对这个世界抱之以斜眼或说是匆匆一瞥。背景则更加朦胧,画的是忙碌的餐馆,球员、摇滚明星和来回穿梭的服务生。莱斯特的画也在背景里,挂在墙上。

"还不算太糟……是吧?"加百列说,"我想捕捉老快和这地方的动态。你们觉得——"

"克莉丝汀,"爸爸说,"你知道这事吗?"

"知道一点,"妈妈说,"我很惊讶我这么喜欢这幅画。太棒

---

① Count Basie,美国爵士乐的代表人物。——译注
② Dr Feelgood,美国重金属乐队 Motley Crue 的专辑名称。——译注

了。这才是最关键的。"

"忘了这幅画吧,"爸爸说,"我根本没考虑画的事情。这个人怎么样……老快?"

"是你把他介绍给老快的,"妈妈说,"不是吗?"

"没错,我承认,"爸爸说,"我很乐意介绍一些人给他认识。我想让他体验一下这个世界。你也不想让他成为那种从公立学校出来的傻蛋吧,是吧?"

"雷克斯,你在说什么呢?"妈妈说,"你又开始发神经了。"

"我是说,为什么他不做学校作业?"爸爸转向加百列,抓住他的胳膊,"你背着我去见老快?"

"雷克斯——"妈妈说。

"我希望他能开始对我说实话。天哪,我一不在家,家里就乱套了!"他对加百列说:"你什么都不懂!像老快那样的人一看到你,就恨不得扒掉你的裤子!"

"他都没靠近过我的裤子。"

"那算你幸运。"

"爸爸,你以为我们的宗教学老师整天除了把手放到不该放的地方,还会干别的吗?我们管那叫'上帝之手'。我和老快只是朋友。"

"朋友!"爸爸冷笑一声,"真的吗?"

"你之前不怎么在家,"加百列说,"你不知道家里发生了什么。"

"没错。"妈妈说。

"也许你是嫉妒我和老快比较谈得来。"加百列加了一句。

"天哪!"爸爸边说边用双手捂住耳朵,"真是胡扯!"

"可是,爸爸,"加百列说,"你只要告诉我你觉得这画怎么样就行了!求你了!"

"别烦我!"爸爸说,"我受够了那些画!我真是弄不明白!"

妈妈在边上笑。她最喜欢的事情之一就是看爸爸被羞辱,继而恼羞成怒。

爸爸看着他们俩,然后怒气冲冲地冲出门去,像以前一样。不过,这一次他没过多久就回来了,看起来像是受了不小的惊吓。

"出什么事了?"加百列问他。

"他们……他们在追我。"

"谁?"

爸爸刚进酒馆走了没几步——他心爱的啤酒正等着他——他那群老朋友就转过头来看他。他们的表情让他回忆起他们上次见面的时候,他对着他们竖起过中指。

爸爸走到窗边,蹲下身子,头像潜望镜似的伸出来。"瞧,派特就在外面。天哪,那个混蛋在朝我招手。他要和我一决雌雄!"

妈妈站在他的身边。"你真的被吓坏了。真是一帮恶棍。"

加百列和爸爸留在屋里,妈妈则走出去对着他们破口大骂,那些人果然乖乖地撤了。

"谢谢。"爸爸亲了她一下。

爸爸朝老快的画像最后看了一眼,就再也没有提起那张画。

几天之后,加百列和萨克把画完的肖像送到老快的公寓。汉娜在门口欢迎他们。

"你在这儿怎么样,汉娜?"加百列问她。

"冰箱总是满满的。老快先生对我好,"她说,"他还送我去上英语课。不过狗很脏。"

"这也正常。"加百列说。

老快在另一个房间等他。加百列在画上蒙了一张纸。他和萨克把画搁在画架上,指定汉娜一会儿把纸揭开。这一刻终于来了。

"好了,老快!"加百列喊道。老快急忙走出来,疯狂地四下张望。加百列大喊一声:"拉,汉——娜!"

"呀!"她喊道。

画就在那儿。

现实世界里的老快用手捂住脸。他浑身发抖,咯咯傻笑,像个等着拿考试成绩的小姑娘。他把手放下,安静地走到画前,久久地看着它。然后他开始绕着画转圈,好像指望在画背后看到别的东西。他们都在等着他说话。

最后他说:"可是我的腿好像没碰到地板啊。"

"没错,"加百列说,"但是……它们不……它们并非总是直接接触地面的。"

"的确……但是你可以——"

"可以怎么样?把它们画长一点?关键是,你看起来就像是飘在空中的,"加百列说,"你总是轻轻飘到我面前的,是吧?"

"是,没错,我是有点飘。你看出来了。"

"完全正确。"

"你的观察很细致。"

"谢谢你。"

"谢谢你,加百列。汉娜——香槟!"

"啥?"

加百列舒了口气。

他们喝着香槟,互相握手。

那幅肖像明天就会被拿去装裱,然后送去餐馆。

为了庆祝,老快决定为加百列办一场晚宴。"我要请你的爸妈吗?"他问。

"当然要请,"加百列回答,"不过要挑在他们没空的日子办晚宴。"

老快笑了。"你真有深谋远虑,"他说,"你会很有前途的。"

第十七章

几个月之后,加百列一家搬进了新房子,离原来的家不远。爸爸干得不错,妈妈也在为老快工作。不过那仍旧是一幢小房子,带个扩展出来的厨房,还有一间带大窗户的房间,爸爸可以在那儿接待学生。新家离泰晤士河不远,穿过高速公路就到了。从房子的后门可以眺望到公园。加百列有了一间比以前更大的卧室,莱斯特的画——那张原作——就挂在壁炉上方。那些复制品早已被他开心地毁掉了。

克莉丝汀和雷克斯为了窗帘和墙壁的颜色争论不休。他们丢掉了大部分旧家具,在葛布恩大街上来来回回地斗嘴吵架,为了找到一些更好的旧家具。

一旦发生令人痛苦的事情,爸爸就不免重新坠入偏执、愤怒与绝望的深渊,那是他早已熟悉的"困境"。不过他不能长时间地陷在恶劣的情绪里,因为他必须教学。即便他发现自己无缘无故地讨厌某个学生,工作总还是能改善他的情绪。他说,学生会问他一些已经很多年没人问过他的问题。每天他都得努力思考,他觉得这是一种乐趣。

如今爸爸和妈妈都很忙碌,他们有很多地方要去。爸爸在全国各地的学院和剧场之间奔波,开班授课,即使在教学时也观察着别人学得怎么样。他一直说他想写一本小册子,叫做《如何倾听》,或者《你的耳朵擅长什么》。为了这本书,他一直在记笔记。加百列和妈妈都无法确信爸爸有朝一日能完成这部巨著,不过他们也不敢打赌说他一定完不成。

家里的电话时常响起。爸爸的学生通常在放学后或者周末来家里上课。爸爸总是谈起他的学生,为他们的进度担心。然而,事实上是妈妈逼着他去思考,他究竟想把学生带进怎样的音乐境界。他不能永远"即兴发挥"。她甚至有些尖锐地建议他,别总是在学生面前弹他自己的作品——"以我自己的曲子举例"。爸爸没有放弃写歌,他打算和学生们合作写一部歌剧——等到他有时间。目前他正琢磨着给加百列的电影写配乐。

妈妈和爸爸都在工作,不过外出的机会却比以前多了。起先是杰克送他们门票,因为到处都在请他,而他根本无暇顾及。妈妈喜欢打扮自己。除了杰克的邀请,她还说服爸爸一起去剧院、美术馆,参加各种音乐会、展览会,去报上推荐的餐厅吃饭。如果爸爸太忙,她就带上加百列。

妈妈和爸爸仍然吵架,不过他们似乎很维护对方,这是以前从来没有过的。有一天他俩在餐厅吃饭,爸爸突然单膝跪地。妈妈以为他把干洗券掉在地上了,可他是在求婚。等她笑够了,她同意嫁给他。

几个星期之后,加百列穿着最好的衣服陪他们去登记处。路上妈妈不停地说:"我不确定,我真的不确定。"

"我也不确定。"爸爸说。

"等我们到那里,一定已经把对方给宰了!"妈妈说。

"你们两个都闭嘴,"加百列说,"你们两个是绝配。"

他们的朋友和亲戚都参加了婚礼,汉娜也来了。老快还在施皮茨餐厅给他们办了个派对。所有相关的人都到了,除了亚奇,不过他在精神上到场了。萨克既感到惊讶,又因为嫉妒而有些愤怒,没多少孩子能有机会参加爸妈的婚礼。老快在台上架了些乐器,爸爸和几个朋友演奏着怀旧的曲子,每个人都跳舞跳到天亮。

夏天到来时,加百列发现自己第一次站在了摄影机后面。他和萨克正要开始拍影片的第一个场景,就设在附近的市场。雷蒙娜穿着加百列的妈妈给她挑的衣服,还有一双高跟系带凉鞋,正在恐惧地哭泣。汉娜是临时演员,在背景中演一个购物者。她对着镜头傻笑,仿佛她老家的人能透过镜头看到她。卡罗负责音效,爸爸的另外几个学生则帮着管灯光和设备。加百列可以在杰克家的设备上剪辑片子,杰克会在一旁监督一切。

最后加百列从镜头里看出去,看见了他想象中的第一个画面。他排演过,光线完美,一切就绪。

亚奇在加百列的心里,冷静,坚定,时时鼓励着他。

这就是加百列唯一想要的魔法,是一场能与人分享的梦——把故事转化成画面。这些画面很快就会出现在电影上,不久以后,别人就能看到他在过去几个月里的构思,而他也再不会孤单了。

他确定周围的人都已经准备就绪,便举起了胳膊。

"预备!"他说,"预备! 好——开拍!"

图书在版编目（CIP）数据

加百列的礼物/(英)哈尼夫·库雷西著；管笑笑译.-上海：上海文艺出版社，2016.11
(哈尼夫·库雷西小说精品系列)
ISBN 978-7-5321-5990-1

Ⅰ.①加… Ⅱ.①哈…②管… Ⅲ.①长篇小说—英国—现代
Ⅳ.①I561.45

中国版本图书馆CIP数据核字（2016）第256546号

GABRIEL'S GIFT
Copyright © 2001, Hanif Kureishi
All rights reserved.

著作权合同登记图字：09-2015-122

出 品 人：陈　征
责任编辑：李珊珊
封面摄影：韩　博
封面设计：朱云雁

书　　名：	加百列的礼物
作　　者：	(英)哈尼夫·库雷西
译　　者：	管笑笑
出　　版：	上海世纪出版集团　上海文艺出版社
地　　址：	上海绍兴路7号　200020
发　　行：	上海世纪出版股份有限公司发行中心发行
	上海福建中路193号　200001　www.ewen.co
印　　刷：	崇明裕安印刷厂
开　　本：	890×1240　1/32
印　　张：	8
插　　页：	2
字　　数：	158,000
印　　次：	2016年11月第1版　2016年11月第1次印刷
I S B N：	978 7 5321 5990 1/I，4782
定　　价：	42.00元
告 读 者：	如发现本书有质量问题请与印刷厂质量科联系　T：021-59404766